Chère lectrice,

Vous souvenez-v[illegible] qui, en janvier, tombait sous le charme de son séduisant patron ? Eh bien, je vous propose ce mois-ci de faire la connaissance de Grace, sa confidente et amie. Les deux femmes auront d'ailleurs bien des choses à se raconter, puisque notre héroïne attend un heureux événement : *Une surprise pour Grace* (n° 2258)…

Fonder une famille, n'est-il pas, en effet, un merveilleux pari sur l'avenir? Je vous invite à le vérifier dans deux romans d'une grande tendresse, *Bébé recherche parents* (n° 2256) et *L'épouse parfaite* (n° 2257).

Enfin, partez à la rencontre de Cassidy, une battante, qui accepte, afin de réaliser ses rêves, de donner *Une seconde chance* (n° 2259) à l'homme qui l'a abandonnée autrefois…

Bonne lecture, et rendez-vous le mois prochain !

La responsable de collection

Une seconde chance

TRISH WYLIE

Une seconde chance

COLLECTION HORIZON

*éditions*Harlequin

Cet ouvrage a été publié en langue anglaise
sous le titre :
HIS L.A. CINDERELLA

Traduction française de
LEONIE GADES

HARLEQUIN®

est une marque déposée du Groupe Harlequin
et Horizon® est une marque déposée d'Harlequin S.A

83-85, boulevard Vincent-Auriol, 75013 PARIS — Tél. 01 42 16 63 63

Service Lectrices — Tél. 01 45 82 47 47
www.harlequin.fr

ISBN 978-2-2808-1504-8 — ISSN 0993-4456

1.

A peine vit-elle Will Ryan apparaître qu'elle sentit ses mains devenir moites. A moins que cette réaction ne soit à mettre sur le compte du rhume qu'elle avait attrapé dans l'avion qui l'emmenait en Californie ?

Quoi qu'il en soit, Cassidy Malone se sentait nerveuse et intimidée. Dieu sait pourtant s'il fallait qu'elle soit sûre d'elle pour réussir le coup de bluff qu'elle avait entrepris. Elle avait accueilli comme un heureux présage le fait de se retrouver pour la première fois de sa vie à Hollywood, ce royaume des illusions où tout paraissait possible. D'ailleurs, comme elle l'avait espéré, être loin de son environnement familier avait ravivé sa confiance en elle. Mais ce petit rhume, en l'affaiblissant, n'arrangeait pas ses affaires. Comment aurait-elle pu imaginer qu'elle attraperait froid en quittant la fraîche Irlande pour le doux climat californien ? Elle jouait vraiment de malchance !

A présent, la cause de son émoi s'avançait vers elle à grands pas. Parviendrait-elle à mystifier cet homme, comme elle en avait l'intention ? Rien n'était moins sûr. Celui qui traversait le splendide hall de l'hôtel Beverly Wilshire la connaissait trop bien. Huit ans plus tôt, il pouvait même se targuer de connaître intimement chaque parcelle de son corps. Il avait tenu son cœur au creux de ses grandes mains. Ce même cœur qui, à présent, battait la chamade, tout à la joie de revoir cet homme, puis se serrait comme à regret en constatant à quel point lui, de son côté, semblait à l'aise dans ce lieu.

Une vague de désir envahit la jeune femme, aussitôt suivie d'un pincement de tristesse à la pensée du fossé qui la séparait désormais de Will.

Le marbre blanc, l'imposant lustre de cristal, les portes de bois sculpté de l'ascenseur, rien de tout cela ne paraissait impressionner le nouveau venu. Chaque détail de sa démarche et de son attitude semblait indiquer qu'il était ici chez lui. Cassidy reconnaissait bien là son aisance innée.

A cette assurance s'ajoutait autrefois cette impétuosité qui l'avait séduite, tout comme l'avaient subjuguée la beauté du visage masculin et le sourire irrésistible. Cassidy s'était sentie attirée par cet homme comme un papillon de nuit par la lumière.

Il parvint enfin à sa hauteur et l'examina de la tête aux pieds, vaguement nonchalant. Sous le magnifique regard vert, la jeune femme rentra le ventre, priant pour qu'il ne remarque pas la présence de la gaine dans laquelle elle avait comprimé sa taille. Elle avait recours à ce subterfuge car, après tout, chaque millimètre gagné comptait. En s'habillant, elle avait aussi prié pour que les bureaux de Will soient climatisés. Dans le cas contraire, sous l'effet combiné de la chaleur, de l'air pollué, de la gaine qui entravait un peu sa respiration et du rhume, elle risquait de défaillir à la première occasion.

— Bonjour, Cass !

Will tendit la main et, l'espace d'un instant, Cassidy la contempla sans comprendre. *Ils allaient se serrer la main comme deux inconnus ?* Surmontant sa brève confusion, elle essuya subrepticement sa main moite sur sa jupe avant de la tendre. Les longs doigts tièdes s'en emparèrent et une nouvelle onde d'émotion étreignit la jeune femme. Dédaignant les réactions viscérales de son corps, elle se rappela qu'elle se trouvait là pour des motifs professionnels.

— Tu t'es remise du voyage ? demanda-t-il en lui relâchant abruptement la main.

— Oui, merci. Je pense que c'est moins fatigant dans ce sens que dans l'autre.

— L'hôtel te convient ?

— Il faudrait être difficile…

Elle parcourut le luxueux hall du regard, mais ne put s'empêcher de revenir très vite sur Will. Celui-ci n'avait pas changé. Il possédait toujours ce charme juvénile qui l'avait séduite autrefois. Quelle injustice ! pensa-t-elle.

— C'est un monument de l'histoire d'Hollywood, commenta-t-il. C'est ici que Dashiell Hammett a écrit *L'Introuvable*, dans les années 30. Elvis y séjournait quand il tournait pour la Paramount. Parmi les hôtes célèbres, on compte aussi un nombre incalculable de membres de la famille royale britannique, ou encore le dalaï-lama.

— Très intéressant !

Quelle réplique stupide ! songea-t-elle dès que ces mots eurent franchi ses lèvres. Où diable était donc passé son sens de la repartie ? A sa décharge, il fallait reconnaître que l'impassibilité de Will était déconcertante. Pourquoi parlait-il comme un guide touristique ? Un guide d'une beauté à couper le souffle, certes, mais tout de même…

— J'ai pensé que tu apprécierais.

Qu'entendait-il par là ? Qu'elle devait remercier sa bonne étoile de la chance qu'elle avait de se trouver là ? Bien sûr, elle ne le niait pas, mais pourquoi éprouvait-il le besoin de lui faire sentir que sa présence en ce lieu résultait d'un concours de circonstances ? Elle reconnaissait cependant que cette invitation, quelle qu'ait été son origine, lui était parvenue à un moment où elle avait terriblement besoin d'une coupure dans son existence.

Will avait vu juste. Quand elle avait découvert qu'elle logerait dans cet établissement mythique, elle avait été aussi excitée qu'en apercevant les lettres géantes de HOLLYWOOD à flanc de colline. A quelques pas des boutiques luxueuses de Rodeo Drive, le célèbre hôtel faisait partie de l'histoire du cinéma. Sans compter qu'il constituait le décor d'un de ses films préférés.

Combien de temps allait-elle séjourner en ce lieu de rêve ? Dès que son imposture serait découverte, elle devrait sans doute rentrer chez elle. D'ailleurs, elle n'avait pas encore défait ses valises !

— Tu es prête ?

Elle acquiesça d'un mouvement de tête et Will s'effaça pour la laisser passer. Une fois qu'elle fut parvenue sur le perron, le soleil éblouissant la surprit et elle chaussa ses lunettes noires, de rigueur en Californie.

En sortant de l'hôtel, ils tournèrent deux fois à droite pour déboucher sur une rue pittoresque bordée de restaurants. L'établissement que son compagnon avait choisi se trouvait dans une cour aux murs tapissés de lierre. Le maître d'hôtel accueillit Will en l'appelant par son nom et les accompagna à leur table, où il les fit asseoir avant de leur tendre les cartes en esquissant une courbette.

Cassidy réprima l'envie de pouffer comme une collégienne. A l'approche de la trentaine, il était peut-être temps de faire preuve de maturité.

— C'est plus chic que les sandwichs dans le parc, fit-elle remarquer.

Avant que Will ne relève les yeux, elle ne put s'empêcher d'admirer les cils épais et sombres qui effleuraient la peau hâlée de ses pommettes.

— C'était il y a bien longtemps, répondit-il.

Cassidy se garda de lui avouer que, pour elle, le simple fait de le revoir abolissait le temps. Profitant de ce qu'il étudiait la carte, elle s'autorisa à l'examiner avec plus d'attention. Avait-il encore gagné en pouvoir de séduction avec l'âge ? Sans conteste, oui. Ce constat la contraria. Comme si sa réussite éclatante, sa fortune et sa confiance en lui ne suffisaient pas ! Elle avait beau songer avec fierté qu'au moins l'un d'entre eux avait rencontré le succès, c'était une piètre consolation.

Elle n'avait plus vingt ans, mais la simple vue de Will la subjuguait toujours. Avec son épaisse chevelure, dont les boucles indisciplinées lui retombaient sur le front, et sa stature athlétique frôlant le mètre quatre-vingt-dix, il était le type même de l'homme sur lequel les femmes se retournaient. Elle-même n'avait-elle pas été secrètement amoureuse de lui pendant une année entière sans jamais oser l'aborder ? Quand il lui avait adressé la parole pour la première fois, lors d'un travail de groupe à l'université, elle avait eu toutes les peines du monde à surmonter sa timidité.

— Tu sais ce que tu veux ?

La voix grave de Will l'arracha à ses souvenirs et un frémissement remonta le long de sa colonne vertébrale. Oui, elle savait exactement ce qu'elle voulait. En tête de sa liste, elle avait noté qu'elle devait coûte que coûte saisir l'opportunité qui s'offrait à elle, sans se laisser détourner de son objectif par l'attirance que lui inspirait cet homme qui l'avait quittée jadis. Affichant une assurance qu'elle était loin d'éprouver, elle choisit de prendre la question au pied de la lettre :

— Pour commencer, j'aimerais avoir une idée plus précise de ce que le studio attend de moi.

— Ils attendent que nous exécutions notre part du contrat que nous avons signé il y a quelques années et pour lequel nous avons empoché une coquette avance.

— Après tout ce temps, pourquoi réclament-ils

soudain un troisième scénario, alors que le deuxième film a été un échec ?

— Un échec au box-office, rectifia Will. Mais grâce à des fans très actifs sur internet, les droits de rediffusion ont rapporté de l'argent à long terme. Tu dois bien le savoir, puisque nous continuons à toucher les royalties. Bref, nous avons l'opportunité de réussir un beau coup cette fois-ci, avec un bon scénario et un gros budget.

— Pourrais-tu être un peu plus explicite ?

— Ils veulent le scénario dès que possible, déclara-t-il, les yeux brillants d'excitation. Et comme toi et moi possédons les droits pour les trois qui étaient prévus à l'origine, c'est à nous deux de nous en charger. Nous voilà embarqués sur le même bateau jusqu'à ce que nous leur rendions un scénario qui leur plaise.

— Aucune pression, à ce que je vois…

Will haussa les épaules.

— Nous l'avons fait par le passé, Cass. Nous pouvons le refaire.

Ignorant le pincement douloureux qu'elle éprouvait chaque fois que son interlocuteur prononçait ce petit « nous » de sa voix profonde, elle nota que Will, contrairement à elle, ne semblait ressentir aucune appréhension. Ce qui n'avait rien de surprenant, au demeurant. Il n'avait pas cessé d'écrire des scénarios depuis leur séparation. Il collectionnait les prix dans les festivals, les contrats se succédaient pour lui et il possédait sa propre maison de production, tandis qu'elle, son ancienne associée, était surtout passée maître dans l'art de calmer les débordements d'enfants de sept ans. Et si l'on exceptait les mots tracés sur le tableau noir, elle ne s'était guère consacrée à l'écriture.

Dans l'espoir d'étancher la soif qui lui asséchait la gorge, elle s'empara du verre d'eau glacée que le serveur venait de lui apporter et en but plusieurs gorgées. Une bouffée de chaleur imbiba son front d'une fine couche de sueur, tandis qu'elle se demandait si le moment était venu d'avouer depuis combien de temps elle n'avait plus rien produit.

— Tu as beaucoup écrit ces derniers temps ? demanda Will, comme s'il avait suivi le cours de ses pensées.

Allait-elle laisser ses scrupules gâcher cette occasion unique qui s'offrait à elle ?

— Des scénarios, non, reconnut-elle. Mais j'ai griffonné quelques bricoles, histoire de ne pas perdre la main.

Un sourire effleura les lèvres de Will, qui hocha la tête d'un air satisfait. Cassidy remercia le ciel qu'il ne l'ait pas gratifiée d'un de ses sourires ravageurs qui lui aurait embrouillé l'esprit.

— Parfait ! s'exclama-t-il. Puisque tu n'as pas laissé rouiller ta plume, nous pourrons nous mettre au travail sans perdre de temps.

Ne voulant pas laisser la rougeur qui lui montait aux joues la trahir, Cassidy baissa la tête et saisit encore son verre. Pourquoi faisait-il si chaud, tout à coup ? Sa tête lui semblait soudain très légère.

— Nous formions une bonne équipe, autrefois.

Alors qu'elle avalait une gorgée d'eau, la déclaration de Will la prit au dépourvu et elle faillit s'étouffer avec le liquide glacé. Les yeux humides d'avoir retenu un toussotement, elle le fixa. C'est alors qu'il lui dédia ce sourire qu'elle redoutait tant. Eprouvant un puissant sentiment d'injustice, elle sentit une vague de colère la submerger. Elle détestait cet homme pour l'effet dévastateur que son sourire continuait à exercer sur elle après tant d'années. Plus encore, elle le haïssait parce que inconsciemment, elle-même avait guetté ce sourire. N'avait-elle donc aucun amour-propre ? Bien sûr, elle savait que l'attirance qu'elle éprouvait pour Will n'était pas de celles qui s'atténuent avec le temps, mais le refus du jeune homme à s'engager, jadis, lui avait ouvert les yeux. Comme il n'avait sans doute pas changé sur ce point, elle était bien décidée à ne pas se laisser abuser une deuxième fois.

Forte de cette résolution, elle reposa son verre sur la table et leva le menton. Elle allait lui faire comprendre que leurs retrouvailles se placeraient sur un plan strictement professionnel.

Hélas, sa détermination faiblit à mesure que le sourire de son compagnon se communiquait à tout le visage. Ses yeux brillaient et de petites rides d'expression se formaient à l'orée de ses tempes, ses fossettes se creusaient et ses lèvres, en s'étirant, révélaient l'éclat de ses dents blanches. Malgré elle, Cassidy ne put s'empêcher de lui rendre son sourire. Non, non ! Il ne fallait pas ! N'était-ce pas ainsi que tout avait commencé ?

— Tu es superbe, comme toujours, ajouta Will d'une voix légèrement voilée.

Bien qu'elle n'en crût pas un mot, Cassidy s'épanouit sous le compliment. Une douce chaleur l'envahit et les battements de son cœur s'accélérèrent. A cet instant, une voix féminine la fit brusquement redescendre de son petit nuage.

— Comme d'habitude, la flatterie te permettra de parvenir à tes fins, Irlandais de mon cœur !

Cassidy tourna la tête et, à sa grande surprise, découvrit un visage qu'elle voyait orner les affiches de cinéma et les couvertures des magazines depuis des années. La femme qui se tenait devant elle, en chair et en os, n'était pas simplement belle, elle était parfaite.

Will se leva aussitôt et l'actrice le salua de deux baisers sur les joues.

— Il paraît que tu as eu le feu vert pour ce projet qui te tenait à cœur, poursuivit la jeune femme. Félicitations !

— Je suppose que même la composition de mon petit déjeuner n'a pas de secret pour toi, rétorqua-t-il avec un sourire.

— Malheureusement, si !

La nouvelle venue adressa un clin d'œil à Cassidy, qui ne put retenir un faible sourire à son intention.

— Ce n'est pourtant pas faute de t'avoir cuisiné, poursuivit l'actrice.

Se souvenant enfin de ses bonnes manières, Will présenta les deux femmes l'une à l'autre.

— Angie, je te présente Cassidy Malone. Cass, je te présente…

— Angelique Warden, le coupa Cassidy.

Un sourire accueillant aux lèvres, elle se leva à son tour.

— Je suis ravie de vous rencontrer, déclara-t-elle. J'ai adoré votre dernier film.

— Merci. Dommage que tout le monde ne

partage pas votre avis. Il n'a pas fait un carton au box-office.

Angelique s'interrompit pour dévisager plus attentivement son interlocutrice.

— Attendez une seconde ! Vous ne seriez pas par hasard Cassidy Malone, comme dans *Ryan et Malone* ?

— C'était il y a bien longtemps !

— Alors, ce qu'on dit est vrai ? reprit l'actrice en s'adressant à Will. Ils ont repris l'option ?

Will acquiesça d'un mouvement de tête et balaya le patio du regard.

— L'annonce officielle n'a pas encore été faite, déclara-t-il à voix basse, comme s'il s'agissait d'un secret d'Etat, et j'aimerais…

— Oh, j'ai compris, l'interrompit Angelique. Mais c'est tout de même une bonne nouvelle !

Comme si Angelique la voyait soudain sous un jour nouveau, Cassidy eut droit, à son tour, à deux baisers sur les joues.

— Je suis ravie de faire votre connaissance, poursuivit l'actrice. Venez donc dîner à la maison tous les deux, un de ces soirs. J'ai des milliers de questions à vous poser sur l'époque de *Ryan et Malone*. Will est si cachottier ! Il doit estimer que le mystère qui l'entoure le rend plus intéressant.

— Tout le monde ne souhaite pas voir ses faits

et gestes commentés dans les journaux, objecta Will.

Encore tout éblouie d'avoir été embrassée avec chaleur par une actrice mondialement célèbre, Cassidy ne put toutefois s'empêcher de remarquer la pointe d'accent américain qui transparaissait parfois quand Will parlait. Pourtant, ce n'était pas cela qui la choquait, mais plutôt la nuance de dureté qu'elle avait cru déceler dans les paroles de son compagnon. L'actrice ne sembla toutefois pas s'en formaliser. Elle lui asséna un petit coup de son sac à main sur l'épaule et protesta en riant :

— Tu crois que ça me fait plaisir ? En tout cas, viens dîner samedi soir et amène ton amie. Je meurs d'impatience de connaître enfin tes secrets les plus sombres.

— N'y compte pas.

— Si Cassidy refuse de parler, je la ferai boire.

De nouveau, elle appuya sa remarque d'un clin d'œil à l'intention de Cassidy, qui ne put s'empêcher de succomber au charme de l'actrice. Elle jugea cependant inutile de conforter son interlocutrice en la prévenant qu'en ce qui la concernait, la réputation des Irlandais de supporter la boisson était usurpée. Un demi-verre de vin suffisait pour lui délier la langue.

— Il n'en est pas question, répliqua Will. J'ai besoin qu'elle garde la tête sur les épaules pendant les prochaines semaines.

— A-t-il toujours été aussi sérieux ? demanda Angelique à Cassidy.

Se tournant vers Will, Cassidy découvrit qu'il guettait sa réponse avec un regard indéchiffrable qui la déconcerta.

— Non, répondit-elle.

Pour secouer l'embarras qui commençait à l'envahir sous le regard insistant, elle releva le menton en un mouvement de défi. Leur confrontation muette sembla amuser au plus haut point Angelique Warden, dont le rire musical vint rompre le silence.

— Donc, c'est entendu pour samedi, déclara-t-elle. Amusez-vous bien, d'ici là.

Tandis que la comédienne s'éloignait, Cassidy se laissa retomber sur sa chaise. La tête lui tournait légèrement et elle regrettait de n'avoir pas pris de petit déjeuner.

— Je l'appellerai samedi matin pour lui dire que nous ne pouvons pas venir, déclara Will en s'asseyant à son tour. Je pense que nous devrions commencer à réfléchir dès demain et jeter nos premières idées sur le papier pendant le week-end.

Si tôt ? songea Cassidy, que la nausée commençait à gagner. Baissant les yeux sur la carte, elle ne prit pas la peine de relever sa chevelure auburn, qui lui masquait partiellement le visage. Elle s'éclaircit la gorge.

— Tu as des idées ? demanda-t-elle.

— Quelques-unes.

Allait-elle devoir lui soutirer les informations une à une ? Leur collaboration promettait d'être éprouvante !

— Ça te dirait de les partager ?

— Pas ici, répondit-il en esquissant un sourire.

Cassidy parcourut la cour du regard, puis elle se pencha vers lui avec une mine de conspiratrice.

— Ils sont aux aguets ? murmura-t-elle.

— « Ils » ?

— Les lutins maléfiques pilleurs de scénarios…

Will la fixa une fraction de seconde, avant d'éclater de rire.

— Tu n'as pas changé, n'est-ce pas ?

Si seulement il savait…, songea-t-elle.

Ils passèrent leur commande et le repas se déroula dans une ambiance détendue, sans qu'ils n'abordent de sujet personnel. Cassidy ne put s'empêcher de regretter la complicité qui régnait entre eux autrefois. Angelique Warden avait raison : Will était devenu sérieux. En comparaison, Cassidy avait l'impression d'être restée une gamine. En effet, elle ne pouvait se retenir, par moments, de lui lancer des boutades ou de le taquiner comme autrefois.

Une fois rassasiée, elle constata que ses vertiges n'avaient pas cessé, contrairement à ce qu'elle avait espéré. Sur le chemin du retour, elle avait du mal à respirer par le nez et sa gorge la brûlait.

Une fois dans le superbe hall de l'hôtel, alors que Will s'apprêtait à prendre congé, elle eut l'impression que le monde se mettait à tourner autour d'elle. Sa vision se brouilla et elle vacilla un instant, avant de s'effondrer aux pieds de son compagnon.

Lorsqu'elle reprit connaissance, sa tête reposait contre le torse puissant de Will. Celui-ci avait dû la relever pour l'asseoir sur un sofa et elle savoura la délicieuse chaleur des bras qui l'enveloppaient. Clignant des yeux, elle chercha son regard.

— Que s'est-il passé ? demanda-t-il en fronçant les sourcils.

— Tout semble indiquer que je suis tombée, répliqua-t-elle d'un ton un peu sec.

— Tu es malade ?

— Je pense que j'ai attrapé froid. J'ai passé la matinée au lit.

— Tu aurais dû me prévenir, lui reprocha Will en approchant un verre d'eau de ses lèvres.

Après quelques gorgées d'eau fraîche, elle sentit la douleur à la gorge s'atténuer un peu. Elle releva alors la tête et s'aperçut qu'un attroupement s'était formé autour d'eux. Au comble de l'embarras, elle rougit violemment et ne put réprimer l'irritation qui perçait dans sa voix enrouée quand elle se débattit pour se lever.

— Je vais mieux, Will. Merci. Laisse-moi me relever.

— Attends encore une minute, répliqua-t-il en la maintenant fermement par les épaules.

Quand il porta de nouveau le verre à ses lèvres, la honte de la jeune femme atteignit son comble.

— Je n'ai pas besoin qu'on me materne, déclara-t-elle. Et je suis tout à fait capable de me lever.

Se démenant comme un beau diable, elle parvint à se dresser sur ses jambes, puis tituba dangereusement. Will, qui s'était levé en même temps qu'elle, la saisit aussitôt par la taille.

— Donne-moi ta carte magnétique, ordonna-t-il.

— Quoi ? grommela-t-elle.

— La carte pour ouvrir ta chambre. Je vais te mettre au lit.

— Je ne pense pas que…

— Pense ce que tu veux, mais donne-moi cette carte.

Avec l'âge il n'était pas seulement devenu plus sérieux, mais aussi plus despotique ! Toutefois, pendant que son cerveau cherchait un argument à lui opposer, sa main — la traîtresse ! — fouillait son sac et tendait la carte réclamée.

— Il ne me semble pas que tu étais aussi autoritaire autrefois, finit-elle par lancer de sa voix cassée.

— C'est venu avec les responsabilités, répliqua-t-il en s'emparant de la carte.

Puis, avant qu'elle ne devine son intention, il se pencha vers elle et la souleva comme l'aurait fait un héros de film de cape et d'épée. Il allait se casser le dos ! Elle devait peser dix kilos de plus que la dernière fois qu'il l'avait portée ainsi.

— Repose-moi, Will !

Ses protestations de principe ne l'avaient toutefois pas empêchée de nouer instinctivement les bras autour de la nuque de son chevalier servant. Tandis qu'il se dirigeait vers l'ascenseur, elle vit plusieurs femmes de l'assistance les observer avec une lueur d'envie dans le regard. Ses joues s'enflammèrent.

— Will, je ne plaisante pas, supplia-t-elle. Je suis trop lourde.

— Qu'est-ce que tu racontes ? Tais-toi, Cass.

Elle se tortilla pour tenter de lui échapper, mais

son estomac gargouilla de façon menaçante et la perspective de vomir devant tous ces gens la calma aussitôt. Elle s'était assez donnée en spectacle pour la journée !

Will traversa le hall de l'hôtel, avec une aisance déconcertante. Parvenu devant l'ascenseur, il appuya sur le bouton d'appel avec le coude. Ce geste l'amena à frôler la taille de la jeune femme.

— Qu'est-ce que tu portes sous ce chemisier ? s'enquit-il, l'air surpris.

Dire qu'elle pensait ne pas pouvoir tomber plus bas !

— Dois-je te rappeler que nous avons rompu il y a huit ans ? Je trouve ta question déplacée.

Elle était parvenue à masquer son embarras sous un petit sourire narquois.

— Tu penses que c'est une bonne idée de mettre un truc qui t'empêche de respirer ?

— Si j'avais prévu que je m'écroulerais à tes pieds, je m'en serais bien gardée, c'est sûr.

Une lueur d'amusement dansa dans les yeux verts de son compagnon, mais la porte de l'ascenseur qui s'ouvrait permit à Cassidy d'échapper à ses sarcasmes.

— Appuie sur le bouton de l'étage, Cass, ordonna-t-il une fois dans la cabine.

Elle obtempéra. Alors, Will recula d'un pas et

leva la tête pour surveiller le défilement des étages qui s'affichaient en chiffres lumineux au-dessus de la porte.

— Allez, repose-moi par terre, je t'en prie, lança Cassidy.

— Il n'en est pas question.

Elle poussa un profond soupir. Il était toujours aussi têtu ! Ce trait de caractère avait donné lieu à des débats houleux lorsqu'ils écrivaient des scénarios à quatre mains. Mais, en ce temps-là, ils avaient un moyen merveilleux de se réconcilier. A ce souvenir, une vague de chaleur traversa son corps et, tentant tant bien que mal de détourner son esprit de ces pensées érotiques, elle poussa un soupir excédé.

— Il est inutile de souffler comme ça, déclara Will, je ne te lâcherai pas.

L'ascenseur émit un léger tintement pour annoncer qu'ils étaient arrivés à leur étage.

— Tu vas bien être obligé de me lâcher un jour ou l'autre. Je vois mal comment tu pourrais continuer à vivre normalement si tu dois me porter tout le temps. Cela risque de compliquer terriblement tes activités quotidiennes.

— Pourquoi n'as-tu pas appelé pour me prévenir que tu étais malade ? demanda-t-il en suivant le couloir qui menait à la chambre.

Pouvait-elle lui avouer qu'une partie d'elle-même était trop impatiente de le revoir pour faire une chose pareille ? Depuis qu'elle avait reçu son e-mail, la curiosité la dévorait. Elle avait essayé de se convaincre que cette attitude n'avait rien de surprenant. Quelle femme ne serait pas désireuse de voir à quoi ressemblait son premier amour, de longues années après leur séparation ? Avec le temps, ne l'avait-elle pas idéalisé ? Ou allait-elle découvrir, au contraire, qu'il avait mieux vieilli qu'elle ? Non, elle ne pouvait lui dévoiler ses véritables motivations.

— Je me sentais mieux quand je me suis levée.

— Menteuse !

Cassidy émit un soupir plus profond que les précédents.

— Comment se fait-il que tu arrives toujours à me percer à jour ? Je déteste ça ! D'accord. J'étais impatiente de savoir pourquoi tu m'avais fait venir.

— Tu comptes me faire croire ça, alors que nous avons échangé plusieurs e-mails ?

Pourquoi insistait-il ? Dans l'espoir de le découvrir, Cassidy chercha son regard. C'est le moment que Will choisit pour baisser les yeux. Quand elle aperçut l'ombre que ses cils sombres projetaient sur ses joues, elle en eut le souffle coupé. N'existait-il pas une loi pour interdire à un homme d'être si beau ? Seul un effort surhumain la retenait de fixer avidement la courbe sensuelle de ses lèvres. Cette fois, elle commençait à regretter d'être venue.

— J'aurais préféré en parler au téléphone, déclara-t-elle quand elle parvint enfin à respirer normalement.

Parvenu devant la porte de la chambre, Will glissa la carte dans la fente prévue à cet effet.

— C'était trop compliqué, avec le décalage horaire et mon emploi du temps surchargé.

— Menteur !

— Non, répondit-il en poussant la porte d'un mouvement d'épaule. Il y a sept heures de décalage avec l'Irlande et le film que je produisais menaçait de dépasser son budget si je ne veillais pas au grain. Les seuls moments où j'aurais pu t'appeler, tu étais à l'école. Et puis, si tu tenais tellement à ce que nous en discutions au téléphone, tu me l'aurais fait savoir, non ?

Elle le détestait quand il se montrait aussi rationnel. Tout comme elle détestait de ne pouvoir lire en lui comme lui-même lisait en elle. Ce dernier travers la gênait moins autrefois, surtout quand ce don de double vue pimentait leurs conversations érotiques. A présent toutefois, cela la mettait hors d'elle et elle s'en voulut de n'avoir pas prévu que l'attirance physique qu'il lui inspirait serait aussi incontrôlable que jadis.

Arrivé près du lit immense, Will déposa délicatement la jeune femme par terre.

— Enlève-moi ça, ordonna-t-il en se plantant devant elle.

— Pardon ?

— Cet instrument de torture qui t'étouffe. Je ne comprendrai jamais pourquoi les femmes s'obstinent à porter ce genre de corsets.

Un cri outragé échappa à Cassidy.

— Tu es insupportable, s'écria-t-elle de sa voix éraillée. Sors d'ici !

— Je ne m'en irai qu'une fois que tu seras au lit. Si quoi que ce soit t'arrivait alors que tu viens seulement d'atterrir à Los Angeles, je risque de regretter de t'avoir fait venir.

Malgré la colère qui bouillonnait en elle, le sens de ses paroles pénétra son esprit.

— Parce que c'est toi qui m'as fait venir ? Tu veux dire que tu as tout pris en charge ?

— Oui.

Abasourdie, Cassidy se sentit de nouveau prise de vertige. Mais quand Will l'enlaça pour l'empêcher de chanceler, elle eut un sursaut d'énergie et se dégagea de son étreinte. Se laissant tomber sur le lit, elle se débarrassa de ses escarpins d'un mouvement brusque des pieds, avant de rejeter la tête en arrière pour fixer le plafond.

— Je pensais que c'était le studio qui payait.

— Ils ont payé pour avoir un scénario. Nous avons pris l'argent. Et maintenant, il faut rendre le travail.

Dans quel guêpier s'était-elle fourrée ? Elle ne voulait rien devoir à Will et elle savait qu'elle n'était pas près de pouvoir lui rembourser les dépenses occasionnées par ce voyage et ce séjour à Los Angeles. Du moins, pas avant d'avoir reçu le complément de l'avance pour ce fameux scénario. Et encore…

D'une légère pression de l'index sur le menton, Will l'obligea à le regarder. Pendant un temps qui lui parut interminable, il la fixa dans les yeux.

— Tu as besoin de dormir, déclara-t-il enfin. Je reviendrai voir comment tu vas, mais pour le moment, va enlever cette gaine ridicule pendant que je suis là, au cas où tu t'évanouirais encore.

— Je ne vais pas m'évanouir.

— Fais-moi plaisir. En plus, tu es trempée…

Pinçant les lèvres, elle attrapa son pyjama sous l'oreiller, se redressa, puis gagna la salle de bains en maugréant.

— Je ne sais pas si j'arriverai à travailler avec

ce nouveau Will tyrannique. Il ne me plaît pas du tout ! lança-t-elle.

Elle referma la porte de la salle de bains avec un claquement sec et se laissa aller contre le battant pour calmer son vertige. Puis elle s'assit sur le rebord de la baignoire pour se libérer de la gaine sans risquer de perdre l'équilibre. Ensuite, elle enfouit l'objet du délit sous une pile de serviettes, au cas où son visiteur entrerait dans la salle de bains après elle, et enfila son pyjama.

Lorsqu'elle rouvrit la porte, elle tomba nez à nez avec Will, qui patientait juste derrière.

— Tu peux t'en aller maintenant, déclara-t-elle.

Il lui barrait le passage et ne semblait pas décidé à bouger. Au contraire, il prit tout son temps pour l'examiner de la tête aux pieds, pour la deuxième fois en quelques heures. Cette fois-ci, cependant, elle ne douta pas que le frisson qui la parcourait n'avait rien à voir avec le rhume. S'il se permettait de lui adresser la moindre remarque sur son pyjama trop grand, il était un homme mort.

Quand le regard de Will revint sur ses yeux, son expression indéchiffrable la troubla sans qu'elle puisse s'expliquer pourquoi. Rompant le charme, il fit un pas de côté.

— Allez, au lit !

Ce ne fut qu'une fois pelotonnée sous les couvertures qu'elle s'aperçut que Will avait posé un verre d'eau, la télécommande et une boîte de mouchoirs en papier sur la table de chevet. Touchée par cette prévenance, elle laissa retomber la tête sur les oreillers moelleux. Ce fut d'une voix apaisée qu'elle déclara :

— Ça y est, tu es content ?

Will se tenait au pied du lit, les mains dans les poches de son jean, les pans de sa veste noire rejetés en arrière. Il semblait plus grand que dans son souvenir, mais était toujours aussi séduisant. Son regard intelligent, qui la scrutait intensément, donnait envie à Cassidy d'enfouir la tête dans l'oreiller.

Une partie d'elle-même priait pour qu'il s'en aille.

L'autre aurait voulu qu'il ne l'ait jamais quittée.

— Je reviendrai plus tard, déclara-t-il.

— Ce n'est pas la peine. Si tu y tiens, appelle-moi demain matin. Je pense que je vais dormir d'ici là.

Un éclair de détermination traversa les yeux verts.

— Je reviendrai.

— Je n'ouvrirai pas la porte.

— Je sais.

Il s'éloigna vers la porte et, juste avant de sortir, se retourna vers la jeune femme. Alors, sortant la main de sa poche, il agita une carte.

— C'est pourquoi je garde la clé.

Estomaquée, Cassidy se contenta de lever les yeux au ciel, avant de lui tourner le dos et d'asséner un coup de poing rageur à son oreiller. Elle perçut au même instant le léger déclic de la porte qui se refermait. Ce ne fut qu'une fois certaine qu'il était parti qu'elle s'autorisa à laisser libre cours à ses pensées. Seigneur ! Si seulement elle pouvait le haïr aussi fort qu'elle le prétendait !

2.

Cassidy se débattait dans un rêve fiévreux où se mêlaient le passé, le présent et une époque indéterminée qui n'existait que dans son imagination. La sueur plaquait des mèches contre ses joues et son front.

Elle se sentait terriblement mal, mais il y avait pire sort que d'être clouée au lit dans un hôtel de légende en attendant de se remettre d'un mauvais rhume.

La lumière tamisée de la lampe de chevet transperça ses paupières brûlantes et elle perçut le son assourdi de la télévision. Elle se souvint de l'avoir allumée pour se laisser bercer par le doux bavardage qui lui parvenait comme au travers d'un brouillard. Emergeant progressivement d'un sommeil cotonneux, elle entendit des coups de plus en plus forts frappés à la porte.

— Cass ?

— Va-t'en ! marmonna-t-elle en reconnaissant la voix de Will.

Pourquoi venait-il la tourmenter alors qu'elle aspirait à la solitude ?

Quand il apparut devant elle, quelques secondes plus tard, Will tenait un sac en papier à la main. Avec une totale absence de maturité, Cassidy enfouit le visage dans son oreiller. Quelle humiliation d'être surprise par lui dans ce piteux état !

— Comment va la grande malade ?

— Elle n'est pas d'humeur à supporter des visites, grommela-t-elle.

— Comment veux-tu que je comprenne ce que tu racontes avec cet oreiller sur ta tête ?

Sans se soucier de la résistance qu'elle lui opposait, il déplia un à un les doigts qui se cramponnaient au coussin et écarta celui-ci du visage de la jeune femme.

— Bonsoir, déclara-t-il quand elle leva enfin des yeux fiévreux sur lui.

— Je t'en prie, va-t'en, Will.

Will plaça l'oreiller à côté d'elle et posa le dos de la main sur son front moite.

— Quand as-tu pris tes cachets pour la dernière fois ? demanda-t-il, les sourcils froncés.

— Je ne sais pas… Juste après ton départ, je crois.

— Il est temps de les reprendre, alors.

Au prix d'un effort considérable, Cassidy parvint à s'asseoir et à avaler les comprimés qu'il lui tendait avec du jus d'orange. Quand elle eut reposé le verre sur la table de nuit, elle tenta de mettre de l'ordre dans sa chevelure humide avec des gestes gourds. Enfin, elle osa regarder le visiteur à travers ses paupières à demi baissées.

— Merci pour tout ce que tu fais pour moi, Will. Mais je t'assure que vingt-quatre heures de sommeil suffiront à me remettre d'aplomb. Ça va aller.

Un éternuement intempestif vint démentir ses paroles. Sous l'effet de la douleur qui lui martelait le crâne avec la vivacité d'un pic à glace, elle gémit.

— Tu dois manger quelque chose, déclara-t-il. Je t'ai apporté du bouillon de poule avec des vermicelles.

Comment osait-il ? s'offusqua Cassidy, tandis qu'une scène du passé s'imposait à son esprit, lacérant son cœur d'un coup de poignard. Elle se remémorait la chambre meublée qu'ils partageaient à cette époque. Tout comme aujourd'hui, elle avait la grippe et il avait veillé sur elle, lui faisant réchauffer du bouillon de poule, lui apportant ses médicaments, bavardant avec elle, jusqu'à sa complète guérison. Ce souvenir était passé au second plan, éclipsé par d'autres, plus douloureux, comme cela se produisait souvent quand on avait le cœur brisé.

Will lui tendit le bouillon, enveloppé d'une serviette en papier, avec une cuillère en plastique.

Quand Cassidy s'empara du gobelet en carton, leurs doigts se touchèrent et une décharge électrique se propagea le long de son bras. Will dut la ressentir aussi, car il retira brusquement sa main. Pourquoi n'avait-il pas simplement posé le bouillon sur la table de chevet ? Prenant la cuillère de l'autre main, elle le remercia de sa voix enrouée.

— Je t'en prie, répliqua-t-il en inclinant la tête.

Puis il s'assit au bord du lit et la surveilla avec son maudit sourire en coin, tandis qu'elle soufflait sur le breuvage pour le refroidir.

— Si ton état ne s'est pas arrangé demain, j'appellerai un médecin.

— Je n'ai pas besoin de médecin. C'est juste un coup de froid !

— Et dire qu'on prétend que les hommes sont insupportables quand ils sont malades…

Dédaignant sa remarque, Cassidy continua de souffler doucement sur sa soupe. Quand elle releva la tête, elle surprit le regard de son compagnon qui l'observait. Pour la centième fois de la journée, elle soupira.

— Qu'y a-t-il encore ? demanda-t-elle.

— Tu as changé ta couleur de cheveux.

Désarçonnée, Cassidy ne fut pas longue, toutefois, à retrouver son sens de la repartie.

— Oui, c'est le genre de choses que les femmes font de temps en temps. Sur ce plan, nous sommes plutôt inconstantes.

— Mais je constate que tu as toujours la langue bien pendue. Sous cet angle, on peut dire que tu n'as pas changé.

Son regard se détacha un instant de celui de Cassidy pour s'attarder sur ses lèvres. La jeune femme, qui soufflait toujours sur la soupe chaude, serra la bouche par réflexe. Quand les paupières ombrées de cils veloutés se relevèrent, elle soutint le regard de Will.

— Tu as accompli ta bonne action, déclara-t-elle en se renfrognant. Tu peux retourner à tes occupations habituelles. Je suppose que tu ne passes pas tes soirées tout seul chez toi…

— Serais-tu en train d'essayer de savoir avec qui je passe mes soirées ?

Furieuse d'avoir laissé percer son amertume, elle tenta de se rattraper, tout en lui faisant ravaler sa suffisance.

— Si tu crois que ta vie privée m'intéresse…

— Tu n'es pas curieuse ?

— Pourquoi le serais-je ?

De nouveau, elle vit le sourire ravageur de Will qui commençait à plisser son regard malicieux. Voulant à tout prix couper court à la conversation, elle poursuivit :

— Même si tu étais libre comme l'air, ça ne changerait rien. Notre association est strictement professionnelle. Et puis, soyons réalistes : nous sommes devenus des étrangers l'un pour l'autre.

— C'est fou comme tu te transformes en moulin à paroles dès que tu es nerveuse, l'interrompit-il. Je me demande ce qui t'angoisse à ce point, Cass.

Contrariée par sa perspicacité, elle esquissa une grimace et reposa la soupe sur la table de nuit, avant de remonter le drap sur sa tête.

— Je te déteste ! s'écria-t-elle. Tu vas t'en aller, à la fin ? Je ne suis pas en état d'avoir ce genre de conversation. Tu es décidément l'homme le plus agaçant que je connaisse.

— C'est ça qui me rend inoubliable…

Le grognement de colère qui s'éleva de sa gorge irritée dégénéra en quinte de toux. Sa rage décupla quand elle perçut le rire grave de son compagnon au milieu des toussotements qui la secouaient.

Rabattant le drap qui la dissimulait, elle le foudroya du regard.

— Tu sais qu'une bonne entente entre nous est primordiale si nous voulons travailler ensemble ? fit-il remarquer.

C'est parce qu'elle en était parfaitement consciente qu'elle se sentit soudain ridicule de se comporter comme elle le faisait.

— Je propose que nous cherchions un terrain d'entente quand je n'aurai plus l'impression que l'hôtel s'est effondré sur moi.

— Au contraire, je pense que tu seras plus réceptive à mes arguments si tu es affaiblie.

— C'est déloyal.

— Je le reconnais.

Will avait apparemment de plus en plus de mal à garder son sérieux. Quel goujat ! Il ne se cachait même pas de profiter de façon éhontée de sa faiblesse ! Pour couronner le tout, son sourire naissant était vraiment contagieux.

Quand il se pencha vers la table de nuit pour s'emparer du gobelet en carton, elle perçut son parfum familier bien qu'elle eût le nez bouché. Machinalement, elle caressa du regard la masse sombre de sa chevelure. Le souvenir de ces boucles s'enroulant autour de ses doigts lui revint à la mémoire.

— Il faut que tu reprennes des forces, déclara Will en se redressant.

— Tu me donnes des ordres maintenant, Ryan ?

— Bien obligé, Malone.

Reconnaissant qu'il avait raison, Cassidy entreprit de manger sagement sa soupe, en lançant de temps en temps un regard vers son compagnon, qui ne la quittait pas des yeux.

— Je pense que tu devrais venir t'installer chez moi, déclara-t-il tout à coup, comme s'il se jetait à l'eau.

Cassidy faillit s'étrangler. Parlait-il sérieusement ? Vu la tension qui existait entre eux, il était hors de question qu'elle reste vingt-quatre heures sur vingt-quatre sous le même toit que lui. Comment avait-il imaginé une idée pareille ?

Elle songea alors que c'était lui qui payait la chambre et un sentiment de culpabilité l'envahit. Elle ferait mieux de se mettre en quête d'un hôtel à la hauteur de ses propres moyens.

Pendant qu'elle réfléchissait à toute vitesse, Will continua :

— Si nous devons travailler tard dans la nuit, ne vaut-il pas mieux que nous soyons dans un endroit où c'est possible ? Je viendrai te chercher demain matin.

Cassidy se demandait à quel moment il lui laisserait la possibilité de donner son avis.

— Tu n'as pas de bureau ? s'enquit-elle.

— J'en ai un à la maison, si.

— Tu veux me faire croire que tu diriges une société de production de chez toi ?

— Je le pourrais, mais j'ai effectivement des bureaux en ville, reconnut-il. Seulement, cela ne résout pas le problème des horaires élastiques.

Cassidy se sentit soudain trop lasse pour argumenter.

Prenant son silence pour un consentement, Will se leva.

— Repose-toi bien, conclut-il. Je viendrai te chercher demain matin à 9 heures.

Au moment où il posa la main sur la poignée de la porte, elle trouva enfin la force de protester.

— L'idée de vivre chez toi me met mal à l'aise, avoua-t-elle.

— Au bout de deux ou trois jours, tu t'y habitueras.

— Bon sang, Will ! Arrête d'essayer de me forcer la main. Si tu ne veux plus payer l'hôtel, je peux très bien trouver…

— Tu penses que je n'ai pas les moyens de payer ta chambre ? la coupa-t-il, visiblement amusé par ses scrupules.

— Il ne s'agit pas de ça. Que tu puisses payer ou non…

— Cela n'a rien à voir avec l'argent, reprit-il. C'est une question de sens pratique. Bon sang ! J'avais oublié à quel point tu pouvais être obstinée.

— Tu as entendu parler de l'hôpital qui se moque de la charité ? rétorqua-t-elle. Je me fiche que tu aies ou non les moyens de payer cette chambre. Je considère que tu n'as pas à le faire, c'est tout, et j'ai l'intention de te rembourser jusqu'au dernier cent. Je ne veux rien te devoir. Tu sais aussi bien que moi que je ne suis pas ici en vacances, mais pour le travail. Ce qu'il y a eu entre nous autrefois ne compte plus. Nous ne pouvons même plus nous considérer comme des amis.

— En revanche, je n'ai pas oublié que tu ne mâchais pas tes mots.

Pendant quelques secondes, il fixa un point indéterminé devant lui, avant de prendre une profonde inspiration qui souleva son torse puissant.

— Tu as raison, reprit-il en replongeant son regard dans celui de Cassidy. Ta vie et ton travail sont en Irlande, les miens ici. Plus tôt nous en aurons fini, mieux ce sera. Si nous consacrons tout notre temps au projet, quelques semaines devraient suffire à boucler le scénario.

Pourquoi la pensée que seul le scénario lui importait ne parvint-elle pas à la soulager ?

— Dans ces conditions, d'accord, approuva-t-elle, à bout de forces.

— A 9 heures demain matin.

Sur ces mots, il pivota sur ses talons, ouvrit la porte et quitta la pièce.

Quand il eut disparu, Cassidy cligna des yeux. L'espace d'un instant, il avait semblé sur le point de se mettre en colère. Comment allaient-ils parvenir à travailler ensemble s'ils n'étaient même pas capables d'avoir une conversation sans se sauter à la gorge ? Un froid glacial l'envahit de nouveau et elle se laissa glisser sous les draps, tandis que des frissons la parcouraient. Curieusement, un profond sentiment de solitude vint s'ajouter au mal du pays qu'elle éprouvait depuis son arrivée.

Son premier voyage à Hollywood aurait dû ressembler à un conte de fées. N'était-ce pas ce dont elle rêvait depuis qu'elle avait découvert la magie du cinéma, alors qu'elle n'était encore qu'une petite fille ? Toute sa vie, elle avait été fascinée par les mondes imaginaires sur lesquels ouvrait le grand écran. En grandissant, elle avait découvert les aspects techniques de l'industrie du rêve. Plus tard, elle avait eu la joie d'apporter sa contribution à l'édifice en écrivant des scénarios.

Non seulement son rêve s'était réalisé, mais, comble de bonheur, elle avait atteint son but en compagnie de l'homme qu'elle aimait.

Malheureusement, la vie s'était chargée de lui apprendre que cet état de grâce ne pouvait être qu'éphémère. L'échec du film tiré de leur deuxième scénario avait peu à peu effrité son estime d'elle-même. Les étincelles qui illuminaient son regard s'étaient évanouies. Impuissante et le cœur brisé, elle avait assisté au départ de Will. Une partie d'elle-même était morte ce jour-là.

La magie avait alors disparu de son existence. Depuis, elle n'avait connu que de fugaces moments de bonheur. Pour se consoler, elle se disait que c'était le lot commun et qu'elle devait s'y habituer.

Et pourtant, faisant fi de ses bonnes résolutions, elle n'avait pu s'empêcher de rêver dans l'avion qui l'emmenait à Los Angeles. Pas tant à Will qu'à cet autre grand amour qu'elle avait perdu. Son esprit vagabond s'était laissé aller à s'imaginer qu'elle retrouverait sa muse et qu'elle pourrait tenter sa chance en tant qu'auteur à Hollywood.

Elle se sentait nettement mieux le lendemain matin. A 9 heures précises, elle était assise dans un fauteuil de la réception quand elle aperçut Will qui immobilisait sa voiture de sport gris métallisé devant l'entrée de l'hôtel. Un instant plus tard, il se tenait devant elle.

— Tu as rendu la clé ? s'enquit-il.

— Oui.

— Tu te sens mieux ?

— Beaucoup mieux, merci, répondit-elle en se levant.

A l'heure blafarde qui précédait le jour, elle avait décidé que le meilleur moyen pour lutter contre le trouble où la jetait la présence de Will serait d'éviter de croiser son regard. Aussi fixa-t-elle obstinément un point au loin, tandis qu'il rangeait la valise dans le coffre de sa voiture. En revanche, elle sourit au valet qui lui ouvrit obligeamment la portière passager.

Dès que Will fut installé au volant, elle tourna la tête vers la rue et fit mine d'observer Rodeo Drive, qui commençait à s'animer. Néanmoins, elle avait eu tort de s'imaginer que Will considérait leur discussion de la veille comme close.

— Tu veux bien me dire ce qui te gêne *en réalité* dans le fait de t'installer chez moi ? demanda-t-il sans ambages.

— Nous nous sommes perdus de vue depuis des années. C'est comme si j'allais habiter chez un inconnu.

— Je ne suis pas d'accord, répliqua Will après une courte réflexion.

L'esprit trop accaparé par la nouveauté de l'environnement qu'elle découvrait, Cassidy ne prit pas la peine de protester. Quel contraste avec l'Irlande ! Les voitures étaient plus grandes, des palmiers bordaient les rues, des publicités géantes vantaient des marques dont elle n'avait jamais entendu parler, les feux de signalisation avaient une forme différente...

— Quelques années ne suffisent pas à changer les gens, poursuivit-il.

Elle aurait tant voulu en être persuadée elle-même ! Mais elle savait que c'était faux : n'en était-elle pas l'exemple vivant ? Tout comme Will, d'ailleurs.

— Si, répliqua-t-elle. La vie et les expériences qu'ils vivent les changent...

Sous le coup d'une soudaine inspiration, elle ajouta :

— C'est exactement le genre de problème que Nick et Rachel devront affronter quand ils se retrouveront, d'ailleurs.

L'allusion aux personnages qu'ils avaient créés plongea Will dans le silence quelques instants.

— C'est vrai, admit-il enfin.

« Tu acceptes cette réalité pour des personnages

de fiction, mais pas pour nous ? » se retint-elle de lui faire remarquer. Entraînée par le feu de la discussion, elle oublia ses résolutions et se tourna vers Will.

— Au début, ils se méfieront l'un de l'autre, affirma-t-elle.

— N'oublions pas qu'elle lui a volé la statuette.

— Elle la lui a prise pour la rendre à ses propriétaires légitimes, c'est différent. Lui, il l'aurait vendue au plus offrant.

— Cela ne la gênait pas dans le passé. N'était-ce pas ainsi qu'ils gagnaient leur vie ? Tu ne peux pas utiliser cet argument contre lui.

— Tu estimes que les torts sont partagés ?

Profitant d'un ralentissement de la circulation, Will lui lança un regard énigmatique, avant de rétorquer de sa voix grave :

— Je ne pense pas que ce soit une bonne idée de rendre le héros antipathique avant même que l'histoire commence. Un personnage doit comporter plusieurs facettes. Tu veux que Nick apparaisse comme le méchant ? En contrepartie, tu dois faire comprendre aux spectateurs pourquoi son sens moral n'est pas aussi élevé que celui de Rachel.

— Tu sais aussi bien que moi que les mauvais garçons font vendre, contrairement à leur équivalent féminin, que tout le monde déteste, rétorqua Cassidy.

Tandis qu'elle parlait, elle sentait ses lèvres s'étirer en un sourire, malgré elle. Leur débat lui rappelait le temps révolu de leur collaboration.

— Moi vivante, poursuivit-elle, tu ne la transformeras pas en harpie. Le public doit la trouver sympathique. C'est plus vendeur.

— Tu veux que je te dise ce qui est vendeur de nos jours ? Les super-héros et les comédies familiales. Ces films ne s'embarrassent pas de nuances et les personnages sont soit tout gentils, soit tout méchants.

Le sourire de Cassidy se transforma en une mimique comique.

— C'est bien ce que je dis. Et notre héroïne fera partie des gentils, un point c'est tout.

Un silence suivit cette remarque, puis Will partit d'un éclat de rire, au grand étonnement de Cassidy.

— Voilà un bon moment que plus personne ne m'a parlé comme ça, déclara-t-il.

— Ah bon ?

— Ils auraient trop peur de se faire licencier.

— Qui aurait cru, autrefois, que tu te transformerais un jour en tyran ?

Elle avait esquissé un sourire malicieux en prononçant ces paroles.

— Je ne suis pas un tyran, protesta-t-il, comme surpris par l'accusation.

Cassidy s'adossa contre la portière pour mieux le jauger.

— Non ? Alors qui es-tu ?

— Le patron.

— Et personne n'ose te contredire ?

— Mes collaborateurs peuvent exprimer un point de vue différent du mien, si c'est ce que tu veux dire. Mais personne ne le fait avec autant de brutalité que toi.

Ce fut au tour de Cassidy d'éclater de rire.

Elle ne s'étonnait plus qu'il soit devenu aussi arrogant. Paradoxalement, cet échange lui avait révélé un aspect de la nouvelle vie de Will qu'elle n'avait pas soupçonné et qui la rendait vaguement triste : sans interlocuteur avec qui confronter des idées d'égal à égal, il devait parfois éprouver une immense solitude.

— Elle se sentira certainement mal à l'aise quand elle le reverra, reprit Will.

La remarque de son compagnon arracha Cassidy à ses réflexions. Elle mit quelques instants pour se rendre compte qu'il parlait de l'héroïne qu'ils avaient créée.

— Je ne pense pas qu'elle soit à l'origine de leurs retrouvailles.

— Nous devons donc trouver ce qui va les réunir de nouveau.

— Je suppose que tu voudras qu'il vole à son secours, déclara-t-elle.

Du coin de l'œil, elle vit que sa remarque narquoise faisait sourire son compagnon.

— Le public adore ce genre de situation.

— Sexiste ! Pourquoi ne serait-ce pas elle qui volerait à son secours à lui ? Ou pourquoi ne se débrouillerait-elle pas toute seule ? On peut aussi imaginer qu'ils se retrouvent au mauvais endroit au même moment et qu'ils s'échappent *ensemble* d'un piège.

— D'accord. Il la sauvera d'un danger où ils se seront jetés alors qu'ils recherchaient tous les deux la même chose.

— Entendu, concéda Cassidy. Mais j'insiste pour que, avant la fin du film, elle lui sauve la vie.

— Nick ne doit pas apparaître en position de faiblesse.

— Il sera vulnérable, pas faible. Les femmes aiment découvrir un peu de vulnérabilité chez un homme fort. C'est très séduisant. Tu devrais essayer, d'ailleurs. Cela te permettrait peut-être de trouver une petite amie…

Furieuse de s'être laissé emporter par son envie de lui décocher une pique, elle se mordit la lèvre et détourna la tête pour ne pas croiser le regard de Will.

— Qu'est-ce qui te fait penser que je n'ai pas de petite amie ?

— Rien. De toute façon, ça ne me regarde pas.

— Je n'en ai pas en ce moment. Mais il te suffisait de me poser la question.

Seigneur ! Voilà qui lui apprendrait à bavarder à tort et à travers. Non seulement elle s'était infligé un pincement douloureux à la seule idée qu'il puisse y avoir une femme dans la vie de Will, mais elle avait orienté la conversation vers un sujet qu'elle ne voulait surtout pas aborder.

— Et toi ? demanda-t-il.

S'il pensait qu'elle allait lui parler des rares aventures — qui s'étaient toutes soldées par un désastre — qu'elle avait eues, une éternité après leur séparation, il pouvait toujours attendre !

— Moi non plus, je n'ai pas de petite amie, lança-t-elle avec un sourire mielleux.

Un nouveau petit rire échappa à Will. Cassidy n'en revenait pas de l'effet que les accès de gaieté de son ancien amant avaient sur elle. Elle connaissait toute la gamme de ses rires, des plus légers aux francs éclats qui secouaient tout son corps. Elle savait comment ses yeux pétillaient, comment son sourire s'élargissait et se communiquait à quiconque se trouvait près de lui. Et si son physique parfait l'avait à l'évidence séduite, c'était le son de son rire et son sourire ravageur qui l'avaient définitivement envoûtée.

Encore aujourd'hui, quand le rire de Will retentissait, la chair de poule hérissait les bras de la jeune femme et une vague de chaleur emplissait son cœur, comme s'il l'effleurait d'une caresse.

S'arrachant à son regard, elle fut surprise de découvrir qu'ils longeaient à présent l'océan.

— Où sommes-nous ? s'enquit-elle.

— Sur la Pacific Coast Highway. Autrement dit : la Grand-Rue de Malibu.

— Malibu ?

— C'est ici que je vis.

Cassidy eut du mal à dissimuler son étonnement. Elle savait qu'il avait réussi, mais pas au point de s'offrir une maison dans ce havre réservé aux riches et aux célébrités. En fait, à chaque nouvelle phrase de Will, elle découvrait un autre homme. C'était comme s'il s'était métamorphosé en traversant l'Atlantique.

— Je n'aime pas Los Angeles, reprit-il.

Cassidy acquiesça. Comme tout le monde, elle

avait ressenti le pouvoir de fascination qu'exerçaient Los Angeles, Beverly Hills ou Hollywood, mais il ne lui avait fallu que vingt-quatre heures pour savoir qu'elle ne pourrait jamais s'y sentir chez elle. Trop de monde, trop de voitures, trop de pollution.

Au moins, elle avait un point commun avec Will, même si elle n'avait pas l'intention de chercher à approfondir sa connaissance de l'homme qu'il était devenu. Et si elle découvrait que le nouveau Will se révélait aussi attachant que l'ancien ? Elle se retrouverait alors dans un sacré pétrin !

Par les vitres de la voiture, elle contempla les reflets d'argent qui miroitaient à la surface turquoise de l'océan Pacifique et un frisson d'excitation lui parcourut l'échine. Ayant grandi et vécu sur une île, elle avait toujours aimé la mer. Voir le Pacifique pour la première fois était comme faire la connaissance d'un nouvel ami.

— C'est magnifique, n'est-ce pas ? déclara Will qui avait suivi son regard.

— Oui.

— Malibu s'étend sur plus de trente kilomètres de côte. C'est le paradis des surfeurs.

— Tu fais du surf ? demanda-t-elle.

— J'en faisais, mais je n'ai plus tellement le temps…

L'image de Will surgissant d'entre les vagues,

l'eau ruisselant sur son corps athlétique, secouant les gouttelettes de sa chevelure mouillée et lui adressant son plus beau sourire, s'imposa à son esprit et elle eut soudain du mal à respirer. Son imagination débordante, qui, par moments, s'emballait sous l'effet d'une volonté propre, convenait parfaitement au métier d'écrivain. Elle était plus encombrante, en revanche, quand il s'agissait de s'en tenir à une relation purement professionnelle avec Will. Chassant ces pensées sensuelles, elle reporta son attention sur ce que lui disait son compagnon.

— C'est l'une des raisons pour lesquelles j'ai acheté cette maison sur la plage, conclut-il.

La maison devant laquelle il se gara lui parut petite et charmante. Quand elle descendit de la voiture, la rumeur de l'océan lui emplit les oreilles et Cassidy respira avec délice de grandes bouffées d'air marin. Will ouvrit la porte et s'écarta pour lui céder le passage. Ce ne fut qu'une fois à l'intérieur qu'elle se rendit compte que « petite et charmante » n'étaient pas exactement les qualificatifs qui s'appliquaient à la maison de Will. Celle-ci était tout simplement… stupéfiante.

De la route, elle ressemblait à un grand bungalow. En fait, c'était une maison sur deux niveaux, qui s'étageaient jusqu'à la plage de sable doré. A travers les baies vitrées du salon, on avait l'impression de flotter sur l'océan. Les pièces immenses comportaient peu de séparations, la décoration, composée d'un parquet de bois clair et de meubles contemporains d'une élégante sobriété, mettait en valeur la vue. C'était indéniablement masculin, moderne, et d'une beauté à couper le souffle.

— C'est la vue qui m'a décidé à l'acheter, l'informa Will en la rejoignant près de l'escalier.

— Ça se comprend.

— La cuisine, le salon, la salle de gym, la salle de projection et le bureau sont en bas. Ta chambre est à ce niveau, sur la gauche.

Il empoigna la valise et se dirigea dans la direction qu'il venait d'indiquer, mais Cassidy continua de regarder par la baie vitrée.

Comme elle aimerait finir ses jours dans une maison semblable à celle-ci ! Bien sûr, si elle vivait ici, des coussins moelleux garniraient les sofas profonds, quelques vases emplis de fleurs seraient disséminés çà et là et des livres viendraient rejoindre les statuettes contemporaines dans les étagères design. Il lui suffisait de fermer les yeux pour voir à quoi cela ressemblerait. Elle entendait une musique douce et des pas d'enfant pieds nus martelant le parquet au retour de la plage. A la pensée que Will avait osé s'offrir la maison de *ses* rêves à elle, son cœur saigna. Ne l'avait-il donc pas fait suffisamment souffrir ?

Poussant un soupir, elle se détourna du spectacle splendide qui s'offrait à ses yeux et emboîta le pas à Will. Ils empruntèrent une galerie surplombant le niveau inférieur. Comme elle s'y était attendue, la chambre qu'il lui avait réservée était pourvue d'une immense baie vitrée donnant sur le large. Will l'ouvrit et la fraîcheur salée de la brise marine fit voleter les rideaux légers. Comme dans ses rêves, la chambre se prolongeait par une terrasse, où de confortables chaises longues invitaient à se prélasser en admirant le coucher de soleil.

Bouleversée par tant de merveilles, Cassidy se laissa tomber sur le lit.

Will pivota sur ses talons et, les mains dans les poches de son jean, la dévisagea quelques secondes.

— Tu es fatiguée ?

— Un peu, reconnut-elle. Un café me ferait du bien et je pense que je vais reprendre un comprimé, au cas où.

— Tu as déjeuné ?

— Non.

— Du saumon fumé et des toasts à la crème, ça te va ?

— Oui, Will, et merci.

— Rejoins-moi en bas quand tu seras prête, déclara-t-il en s'éloignant.

Pourvu qu'il arrête de se montrer aussi gentil, songea Cassidy une fois seule. Face à un Will agaçant, elle pouvait lutter, mais avec un Will plein d'attentions, elle se sentait démunie. Dans ce lieu paradisiaque, sa situation lui paraissait encore plus compliquée que vingt-quatre heures auparavant.

S'allongeant sur le lit, elle ferma les yeux. Elle se sentait oppressée et ne pouvait s'empêcher de comparer la vie de Will à la sienne. Le moins qu'on puisse dire, c'est qu'il avait mieux réussi qu'elle. Si elle voulait recouvrer un peu de sa confiance en elle, elle devait à tout prix accomplir quelque chose qui l'aiderait à se sentir de nouveau elle-même.

Un élan d'espoir la submergea, balayant ses inquiétudes. Ne se trouvait-elle pas dans la maison de ses rêves, à quelques kilomètres à peine du cœur de l'industrie du cinéma ? N'était-ce pas déjà un pas dans la bonne direction ?

Après avoir sorti les médicaments de son sac, elle se leva et quitta la chambre. Du café, du saumon fumé avec de la crème fraîche et des comprimés… Une fois rassasiée, elle se mettrait au travail et elle verrait bien si elle était encore capable d'écrire.

3.

— Je n'ai jamais rien entendu d'aussi ridicule, s'exclama Cassidy, incrédule.

— Qu'est-ce qui te dérange ?

— Demande-moi plutôt ce qui ne me dérange pas.

Tout en continuant à chercher son stylo au milieu de l'amas de papiers gisant sur la table, elle poursuivit :

— Tu veux vraiment qu'ils découvrent une tête nucléaire cachée au beau milieu d'un site de fouilles archéologiques ?

Comme pour la narguer, Will appuya son coude sur la table de verre et fit tournoyer son propre stylo entre ses doigts.

— Il nous faut des explosions, assura-t-il.

— Mais cette histoire ne tient pas debout !

Secouant la tête, Cassidy poursuivit sa quête, soulevant les feuilles de brouillons qui s'étaient accumulées.

— Il suffit de supprimer une ligne, rétorqua Will avant d'ajouter : Derrière ton oreille.

— Quoi ? marmonna-t-elle.

Quand elle leva les yeux vers lui et découvrit le regard intense dont il la fixait, son cœur manqua un battement. Son irritation reprit néanmoins le dessus, aggravée par le grincement du fauteuil dans lequel Will était affalé et qu'il faisait tournoyer de droite à gauche. Ce bruit allait la rendre folle ! Un homme possédant la fortune de Will n'avait-il pas les moyens d'acheter du dégrippant ?

— Ton stylo, reprit-il. Il est derrière ton oreille.

Poussant un soupir, elle tendit la main et trouva effectivement ce qu'elle cherchait. Puis elle prit une des dernières fiches que Will avait noircie de notes et en biffa la moitié avec détermination.

— Jamais Rachel ne porterait ce genre de vêtements, déclara-t-elle. Tu es en train de la transformer en sex-symbol.

Le grincement du fauteuil reprit de plus belle.

— Un héros peu recommandable, une héroïne sexy, des explosions, une course au trésor, une petite intrigue sentimentale… Crois-moi, c'est le succès assuré.

— Le box-office ! C'est tout ce qui t'intéresse ? demanda Cassidy en tapotant nerveusement son stylo retrouvé contre la surface vitrée de la table de travail. Tu te fiches de l'histoire ou de la vraisemblance psychologique des personnages !

— Nous n'en sommes qu'au stade de la recherche d'idées, lui rappela-t-il. Peu importe la psychologie des personnages ou la cohérence de l'intrigue. C'est le moment le plus amusant, quand on peut laisser libre cours à son imagination.

Cassidy ne voyait guère en quoi cette phase était « amusante ». Elle avait surtout l'impression que Will faisait tout pour la provoquer. Un homme doté d'une telle expérience devait pourtant être capable de ne pas recourir aux clichés habituels, qui affaiblissaient la trame de tant de films. Lui proposait-il ces intrigues éculées dans le seul but de la faire enrager ?

Tandis qu'elle envisageait cette possibilité, elle martelait de plus en plus fort son stylo contre la table. Will, pour sa part, continuait de faire pivoter sa chaise d'un côté, puis de l'autre.

— Ça peut finir par devenir agaçant, déclara-t-il enfin en désignant du menton le stylo de la jeune femme.

— Tu trouves ? répliqua-t-elle sans s'interrompre. Comme le grincement de ton fauteuil ?

Cassidy appuya sa remarque d'une moue ironique et, l'espace d'une fraction de seconde, un silence parfait régna dans la pièce, interrompu bientôt par le fou rire qui les secoua tous les deux. Cassidy laissa tomber son stylo sur la table et posa les mains sur son visage. Seigneur, cet homme la rendait folle !

— Je pense qu'il est temps de faire une pause, déclara Will quand il eut retrouvé un semblant de sérieux.

Ce fut seulement quand deux mains ôtèrent les siennes de son visage qu'elle se rendit compte que la voix grave s'était rapprochée. Instinctivement, elle leva la tête et rencontra le regard vert de Will. Il était beau à couper le souffle ! Quand il lui sourit, ses yeux se teintèrent d'une nuance plus sombre et le cœur de Cassidy battit si fort dans sa poitrine qu'elle l'entendit résonner à ses oreilles. Doucement, il lui saisit les mains et l'aida à se lever.

— J'ai faim, reprit-il.

— Encore ! On vient à peine de manger des sandwichs.

— C'était il y a cinq heures, protesta-t-il en l'entraînant hors de la pièce.

Lorsqu'elle jeta un œil en passant devant la grande baie vitrée du salon, elle vit qu'en effet, la lumière avait changé. La marée commençait à monter et… Réalisant soudain que Will la tenait toujours par le poignet tandis qu'ils se dirigeaient vers la cuisine, elle baissa la tête pour considérer, interloquée, la main qui lui enserrait le poignet à l'endroit même où battait son pouls. Veillant à ne pas attirer l'attention de Will, elle se dégagea aussi discrètement que possible ; elle ne voulait surtout pas que son compagnon constate à quel point ce contact la troublait.

Will se contenta de lui jeter un regard par-dessus son épaule, avant de s'approcher de l'imposant réfrigérateur qu'il ouvrit pour inspecter son contenu.

— Des steaks, ça te dit ? demanda-t-il. On peut les faire griller au barbecue sur la terrasse.

— C'est parfait, répondit Cassidy en posant les mains sur le plan de travail en granit. Tu as besoin d'un coup de main ?

— Tu peux préparer une salade, si tu veux. Tu trouveras tout ce qu'il faut dans le frigo.

Quand il s'approcha du plan de travail avec le plat contenant la viande et qu'il entreprit de fouiller dans un tiroir à la recherche des ustensiles pour le barbecue, elle lui sourit.

— C'est drôle, fit-elle remarquer, tu as un peu pris l'accent américain.

— C'est inévitable quand on passe du temps dans un pays ou une région, on finit par en adopter le langage. Ça vient sans doute d'un besoin de s'intégrer.

L'idée qu'un homme comme Will éprouve le besoin de se faire accepter la déconcerta. Peut-être accordait-elle à ce détail plus d'importance qu'il n'en méritait ? Secouant la tête, elle s'approcha du réfrigérateur et l'ouvrit pour voir ce qu'elle pourrait utiliser pour sa salade.

— Quel effet ça te faisait de vivre ici, au début ?

— A Malibu ou en Californie ?

Quand il revint vers le réfrigérateur pour prendre une bouteille de sauce, Cassidy retint son souffle. Il était si proche que, pendant quelques secondes, elle fut enveloppée par la chaleur émanant de lui, qui contrastait avec la fraîcheur du réfrigérateur ouvert. La réaction de son corps ne se fit pas attendre. La chair de poule hérissa ses bras, les muscles de son ventre se contractèrent et ses seins se dressèrent. Serrant les dents, elle parvint in extremis à réprimer un gémissement.

Bon sang ! Elle n'avait pas tenu un homme dans ses bras depuis une éternité, mais ce n'était pas une raison pour éprouver ce besoin quasi irrépressible de se lover contre Will !

A son grand soulagement, son compagnon était retourné près du plan de travail, lui permettant de recouvrer ses esprits et de surmonter la dangereuse langueur qui l'avait envahie. Quand elle réapparut avec la salade verte, des tomates et un concombre, elle affichait une expression sereine, qu'elle parvint à conserver alors même que Will la fixait.

— Malibu ou la Californie ? demanda-t-il.

— Pardon ?

— Tu m'as demandé comment je m'étais adapté à la vie ici. En fait, cela a été différent pour Malibu et pour la Californie.

— C'est-à-dire… ? s'enquit-elle en posant les crudités sur le comptoir.

— Dur pour la Californie et facile pour Malibu.

Une lueur dansait dans ses yeux émeraude, mais elle choisit de l'ignorer pour se concentrer sur la préparation de sa salade.

— Où sont rangés les saladiers ? demanda-t-elle.

— Deuxième tiroir sur la gauche, en bas.

— Pourquoi n'as-tu pas aimé la Californie ? demanda-t-elle en se penchant pour ouvrir le tiroir indiqué.

— Donne-moi plutôt ta première impression sur la Californie et on pourra comparer.

Au son de la baie vitrée qui s'ouvrait, elle comprit qu'il était sorti sur la terrasse. Quand elle se releva, ayant trouvé un saladier de bois, il avait déjà allumé le barbecue.

— Beaucoup plus de monde qu'à Dublin, répondit-elle en levant la voix pour qu'il l'entende. Personne ne sourit dans les rues, il fait beaucoup plus chaud, le soleil est plus éblouissant et l'air plus sec. C'est loin d'être aussi vert qu'en Irlande. La nourriture est différente, les voitures, les programmes télé… Il y a bien quelques choses qui paraissent familières, mais elles sont éclipsées par le reste.

Will revint à l'intérieur, un sourire aux lèvres. Vêtu d'un jean et d'un T-shirt blanc, il avait l'air incroyablement jeune. Cassidy mit cette éternelle jeunesse sur le compte des gènes. Ses enfants en hériteraient sûrement. Elle imaginait aisément à qui ressembleraient ses fils. Leurs cheveux sombres seraient aussi indisciplinés que ceux de Will en cet instant, leurs yeux verts brilleraient de la même façon, et le même charme diabolique émanerait d'eux quand ils se mettraient en tête d'obtenir ce qu'ils voulaient…

Qu'est-ce qui lui prenait ? songea-t-elle soudain en s'effrayant du tour que prenaient ses pensées. Si elle ne se ressaisissait pas, elle allait commencer à réfléchir aux prénoms que porteraient les fils de Will ! Son horloge biologique lui jouait-elle des tours ?

— En d'autres termes, déclara Will en s'approchant, tu trouves Los Angeles bizarre.

Elle lui rendit son sourire, tout en continuant à découper la salade et les tomates.

— C'est vrai, reconnut-elle. Et en quoi Malibu est-il différent ?

— Il y a beaucoup moins de monde ici. Et l'air est respirable.

Pendant qu'il parlait, il étudiait les étiquettes des bouteilles rangées dans l'étagère à vins.

— Je m'étais malgré tout habitué à la vie en Californie quand j'ai acheté cette maison. Mais Malibu est le premier endroit où je me suis senti vraiment chez moi.

— Tu ne considères plus l'Irlande comme ton chez-toi ?

— Pour moi, c'est le pays d'où je viens et il occupera toujours une place à part dans mon cœur, mais ma vie est ici maintenant.

Bien que Cassidy l'eût pressenti depuis longtemps, le fait d'entendre Will lui affirmer cela lui causa un choc. Elle y voyait une preuve supplémentaire de ce qui les différenciait à présent. Au plus profond d'elle-même, elle savait qu'elle considérerait toujours l'Irlande comme son foyer. Elle y avait accumulé trente années de souvenirs, bons et mauvais. Et toujours son cœur se languirait des vertes prairies de son pays natal. A l'idée que Will ait pu le quitter sans regret apparent, elle se demandait si leur vie commune lui avait laissé les mêmes souvenirs poignants qu'à elle.

Se souvenait-il qu'il lui avait déclaré sa flamme ? Parfois, elle venait à douter de la sincérité de cet amour. Ou, du moins, elle doutait qu'il fût aussi fort que celui qu'elle éprouvait pour lui. Sinon, pourquoi serait-il parti ?

Le bruit sec d'une bouteille qu'on débouche la rappela à la réalité. Tournant la tête vers son compagnon, elle vit qu'il avait posé du vin sur le comptoir et qu'il sortait deux verres à pied d'un placard. Avait-il oublié que l'alcool la rendait un peu trop loquace ? Elle allait le lui rappeler quand il lui coupa l'herbe sous le pied.

— Pourquoi as-tu choisi l'enseignement ? l'interrogea-t-il.

— Pardon ?

Appuyé contre le comptoir de granit, les bras croisés sur la poitrine, il lui faisait face.

— Autant que je me souvienne, tu n'avais jamais mentionné une intention de devenir institutrice, insista-t-il.

Et pour cause ! Quand il l'avait connue, elle pensait encore que ses rêves étaient réalisables. Haussant les épaules, elle fit glisser les tomates et les concombres en morceaux dans le saladier.

— Par nécessité. J'avais besoin d'un revenu

régulier. Et, quitte à travailler, autant faire quelque chose qui me plaise.

— Et ça te plaît ?

— Ça me plairait davantage si c'était mieux payé. Mais j'aime bien les enfants. Ils ne sont pas compliqués et, contrairement aux adultes, ils croient encore en la magie. Il ne se passe pas un jour, quand je suis en classe, sans qu'ils ne disent ou ne fassent quelque chose qui m'enchante. Du coup, l'espace d'un instant, je retrouve un peu de cette magie.

Déconcertée par le silence qui s'ensuivit, elle se tourna vers Will. Les yeux mi-clos, celui-ci l'observait sans qu'elle puisse déchiffrer ses pensées. Quand il prit la parole, ce fut pour arracher un nouveau lambeau de son cœur meurtri.

— Autrefois, toi aussi, tu croyais en la magie.

Sous le coup, Cassidy sentit sa gorge se nouer et elle détourna la tête, incapable de soutenir le regard masculin. Une mèche s'échappa de ses cheveux attachés, cachant son visage. Pour se donner le temps de se ressaisir, elle fit mine d'hésiter entre les deux bouteilles de vinaigrette qu'elle avait sorties du réfrigérateur.

— Comme je te l'ai dit : ça s'en va avec l'âge, parvint-elle à répondre.

Bon sang ! jura-t-elle intérieurement en s'escrimant sur le bouchon de la vinaigrette qu'elle avait choisie. Quelle brute avait soudé ce maudit bouchon à la bouteille ?

— C'est la vie, enchaîna-t-elle d'une voix hachée par l'effort. Ce n'est la faute de personne.

Une main puissante se posa sur la sienne et Cassidy leva le menton. D'un geste doux, Will lui ôta la bouteille des mains et l'ouvrit d'un mouvement adroit du poignet. Puis il la lui tendit, en couvant la jeune femme d'un regard chaleureux.

— Tu recommences à parler à tort et à travers, Malone, déclara-t-il avec un sourire malicieux.

Elle saisit la bouteille et poussa un soupir.

— C'est toi qui as repris le flambeau à présent, fit-elle remarquer. Tu travailles dans l'industrie du rêve... Peut-être que je t'ai transmis le virus.

La voix de Will se fit plus grave quand il pencha la tête vers elle.

— Tu sous-entends que je n'étais pas capable de magie, autrefois ? demanda-t-il avec un sourire ironique. Mon ego pourrait en être blessé...

Ce n'était pas à cette magie-là qu'elle faisait référence, mais avant qu'elle ait pu protester, il avait saisi le plat contenant les steaks et se dirigeait vers la terrasse, sans se soucier de la confusion où son allusion avait plongé la jeune femme.

Quand il eut disposé les steaks sur le gril, Will

revint sur ses pas et s'appuya contre le battant de la porte-fenêtre.

— Tu es assez en forme pour faire un tour demain ? demanda-t-il.

— Où ?

— Au pays enchanté...

Assise dans la voiturette de golf, Cassidy ne parvenait pas à réprimer le sourire béat qui illuminait ses traits.

— Tu veux qu'on s'arrête pour regarder ? proposa Will.

— Oh oui ! répondit-elle avec enthousiasme.

Depuis l'instant où ils avaient franchi l'entrée du studio, Cassidy n'avait cessé de sourire. Pour Will, cette visite n'avait sans doute rien d'exceptionnel, mais elle-même avait tant rêvé de cet endroit que le simple fait d'y déambuler la comblait d'une joie enfantine. Tout l'émerveillait. Chaque hangar qu'ils longeaient évoquait un tournage, un scénario qui avait pris vie sur la pellicule. Si elle s'était écoutée, Cassidy aurait abordé tous les figurants en costume qu'elle croisait. Elle s'attendait à tout moment à voir surgir des personnages des décors grandeur nature qui s'étendaient aux confins du studio. Son imagination créait même les dialogues qui seraient alors échangés.

Perdue dans sa contemplation, elle ne s'aperçut de l'arrêt du moteur que lorsque Will fut debout à côté de la voiturette. Elle prit la main qu'il lui tendait pour descendre et, au comble de l'excitation, oublia de la retirer quand il s'avança dans la rue new-yorkaise factice et déserte.

— Je me doutais que ça te plairait.

Will avait murmuré ces paroles d'une voix si basse qu'elle se demanda un court instant s'il avait eu conscience de les avoir prononcées. S'apercevant à quel point ils étaient proches l'un de l'autre, elle baissa la tête, non sans avoir remarqué, au passage, le regard brûlant dont son compagnon l'enveloppait.

— Tu ne t'étais pas trompé, répondit-elle d'une voix qu'elle s'efforça d'affermir. C'est incroyable ! Merci de m'avoir amenée ici.

— Voir les lieux où sont tournés les films peut aider à écrire un scénario, affirma-t-il en haussant les épaules. Tout ce qui peut être filmé en studio, ou dans des décors comme celui-ci, permet de limiter les coûts. Les studios apprécient.

Ainsi, pour Will, tout se résumait à des impératifs budgétaires. Encore un point sur lequel leurs opinions différaient. Certes, en tant que producteur, il se devait de veiller à faire respecter les budgets, mais cela ressemblait si peu au Will d'autrefois !

Au cours des dernières vingt-quatre heures, elle avait cru à plusieurs reprises entrevoir le Will qu'elle avait aimé, mais chaque fois, l'inconnu qu'il était devenu reprenait le dessus. Parviendraient-ils à retrouver la complicité qui les unissait jadis et qui avait rendu leur collaboration si fructueuse ?

Cette situation était aussi déconcertante qu'embarrassante, car, par moments, Cassidy avait envie d'empoigner son compagnon par les épaules et de le secouer pour exiger qu'il laisse tomber ce masque qui dissimulait sa vraie personnalité.

— Je suppose que tu dois davantage te préoccuper de ce genre de considérations aujourd'hui, se contenta-t-elle cependant de faire remarquer.

— Oui. C'est une chose de laisser libre cours à son imagination pour écrire un scénario, c'en est une autre de produire un film.

Il arpenta quelques secondes la pièce sans plafond et, tandis qu'elle le suivait du regard, fascinée par sa démarche féline, elle eut l'impression qu'il avait envie de se confier à elle.

— Explique-moi à quoi ressemble ton travail de producteur.

— Ma société est responsable du développement et de la production proprement dite de films pour le cinéma et la télévision. Parfois nous levons nous-mêmes les fonds nécessaires, d'autres fois, nous passons par un intermédiaire. Puis nous vendons le produit fini aux grands studios qui les distribuent.

— Tu continues à écrire des scénarios ?

— Ça m'arrive encore, oui.

— Et sont-ils plus faciles à vendre si tu peux produire toi-même le film qui en sera tiré ?

— Pas toujours.

Malgré le sourire qui effleurait ses lèvres, Cassidy sentit que son interlocuteur se tenait sur ses gardes. Etait-ce Hollywood qui l'avait rendu si méfiant ? Le fait qu'il ait réussi dans ce milieu où on ne se faisait pas de cadeaux n'était-il pas la preuve qu'il avait assimilé les règles du jeu ? Bien sûr, Will avait toujours été déterminé. Cela tenait sans doute à son enfance difficile, à ces années où il avait été ballotté de famille d'accueil en famille d'accueil. Sa réussite n'en était pas moins remarquable. En était-il conscient ?

Si une pointe de jalousie venait parfois la piquer quand elle comparait son existence à celle de Will, elle ne pouvait s'empêcher toutefois d'être fière de lui, même si elle n'aurait jamais osé le lui dire.

— Une de nos productions est en cours de tournage, reprit-il. Tu veux aller voir ?

— C'est autorisé ?

Un sourire radieux était réapparu sur son visage à cette perspective et son enthousiasme semblait amuser Will.

— Te l'aurais-je proposé si ce n'était pas le cas ?

Il pouvait bien se moquer de son excitation et la traiter comme une gamine, rien n'altérerait sa joie aujourd'hui. Sans perdre une seconde, elle gagna la porte et sortit dans la « rue » baignée de soleil.

— Dépêche-toi ! lança-t-elle, impatiente. Je ne veux pas manquer une minute.

Une heure plus tard, elle était assise sur une chaise de metteur en scène, des écouteurs sur les oreilles, et suivait religieusement sur un écran de contrôle le dialogue des acteurs qui jouaient à quelques pas d'elle. Absorbée par l'expérience, elle avait à peine conscience de la présence de Will à ses côtés. Par éclairs, toutefois, son esprit lui rappelait ce qui aurait pu être, si elle avait été assez courageuse — ou égoïste — pour quitter l'Irlande et suivre l'homme qu'elle aimait. Elle aurait pu être si heureuse ! Et qui sait, à présent, elle vivrait entourée de petits Will miniatures que son esprit vagabond se plaisait à imaginer, gambadant sur la plage devant la maison de Malibu.

A cette pensée, son cœur se serra.

Quand le réalisateur cria « coupez ! », elle prit une profonde inspiration pour chasser la mélancolie qui l'avait envahie, avant de rendre les écouteurs à l'ingénieur du son.

— Qu'est-ce qui ne va pas ? demanda Will de sa voix grave.

— Tout va bien, assura-t-elle, surprise de sa perspicacité. Merci encore, Will. C'était fantastique.

Il plissa les yeux, comme pour l'observer avec plus d'attention. A l'évidence, il ne voulait pas se laisser duper par son sourire.

— Tu penses que tu risques une rechute ?

En réalité, la journée qu'elle venait de passer lui avait fait oublier l'état dans lequel elle était en arrivant aux Etats-Unis.

— Non, répondit-elle avec une conviction non feinte. Je suis tout à fait rétablie. Je n'ai même pas pris de cachets ce matin.

— Dans ce cas, qu'est-ce qui ne va pas ?

Cassidy se sentit tiraillée. Si elle prétextait une fatigue qu'elle n'éprouvait pas, il insisterait pour la ramener à la maison. Or elle n'avait aucune envie de quitter ce lieu magique où tout l'émerveillait. Quant à lui avouer la vérité, il n'en était pas question. Elle se voyait mal déclarer à Will qu'elle ne cessait de penser à la vie qu'elle aurait menée si elle était restée avec lui, et que l'idée des choses auxquelles elle avait renoncé la plongeait dans un état proche du désespoir. Elle préféra donc détourner la conversation.

— C'est une nouvelle série ? interrogea-t-elle en évitant le regard perspicace qui la scrutait.

— C'est le dernier épisode de la première saison. Elle a très bien marché et on attaque la deuxième dans la foulée.

Il attendit qu'elle le regarde de nouveau, avant de poursuivre :

— Je vais te montrer la salle de montage. Les effets spéciaux sont créés dans un autre bâtiment.

Subjuguée par la douceur de sa voix grave, Cassidy ne put se retenir de demander :

— Pourquoi fais-tu tout ça ? Je pensais que tu étais pressé d'en finir avec notre scénario.

— Je pense que cela peut t'aider à écrire, affirma-t-il d'un ton évasif.

Sous son regard intense, Cassidy connut un moment de panique à l'idée qu'il avait percé son imposture à jour. Etait-ce la raison pour laquelle il avait organisé cette journée ? Etait-ce le moyen qu'il avait trouvé pour ranimer sa veine créative ? Si tel était le cas, cela signifiait-il que les ébauches de scénario sur lesquelles ils avaient travaillé ensemble la veille ne lui paraissaient pas à la hauteur ? Dans ce cas, pourquoi ne le lui avait-il pas dit franchement ?

— Tu as toujours été aussi fascinée que moi par tout ce qui touche au cinéma, reprit-il en se levant. Je pensais que cette visite te serait utile pour bien comprendre toutes les facettes du métier. Et puis, si nous pouvons tourner quelques scènes ici plutôt qu'en extérieur, l'argent économisé nous permettra d'allouer un budget plus important aux effets spéciaux.

Il avait raison ! Comment avait-elle pu perdre de vue ces considérations budgétaires qui le préoccupaient tant ? Cette explication pragmatique lui sembla, de loin, plus plausible que l'idée qu'il ait cherché à lui faire plaisir. Quoi qu'il en soit, il ne mettait pas en doute ses capacités d'écriture, ce qui la rassura un peu.

— Va pour la salle de montage ! lança-t-elle gaiement.

4.

Pour rattraper la journée passée au studio, ils travaillèrent d'arrache-pied les jours suivants et, à la grande satisfaction de Cassidy, le scénario commença à prendre forme.

Comme l'avait pressenti Will, la visite des studios avait incité la jeune femme à adapter ses idées aux considérations matérielles inhérentes à la production. Et son inspiration y avait puisé un second souffle. A présent, les phrases lui venaient aisément et elle avait l'impression d'avoir retrouvé une part disparue d'elle-même. Cette sensation grisante stimulait sa confiance en ses capacités d'auteur et elle commençait à éprouver un véritable plaisir à écrire.

Après coup, elle mettrait sur le compte de cette euphorie l'aveuglement qui l'avait empêchée de voir poindre le danger…

Un matin qu'ils ne parvenaient pas à se mettre d'accord sur le dénouement d'une scène d'action,

Will suggéra de lire les dialogues à haute voix. C'était ainsi qu'ils procédaient déjà à l'époque où ils écrivaient les premiers volets des aventures de Nick Fortune. Il leur arrivait même, alors, d'improviser certaines scènes avant de les écrire et de finir par se prendre au jeu, au point que leurs échanges ajoutaient aux personnages une dimension psychologique à laquelle ils n'auraient pas songé autrement.

Cependant, la nature de leurs relations était bien différente à l'époque. Une donnée que Cassidy négligea de prendre en considération quand ils se levèrent, chacun tenant à la main une copie du brouillon à peine sorti de l'imprimante.

Tandis que de féroces terroristes conduisaient Nick et Rachel au bord d'une falaise, les deux héros se lançaient dans une discussion véhémente, se rejetant mutuellement la responsabilité de la situation.

— Tant que tu y es, pourquoi ne leur demandes-tu pas de nous abattre ? s'exclama Will dans le rôle de Nick.

Cassidy, dans la peau de Rachel, rejeta la tête en arrière et éclata de rire :

— Crois-moi, si j'avais une arme à ma disposition, je te tuerais moi-même sans hésitation.

— Nous voilà arrivés au point qui fait débat, déclara Will, redevenu lui-même.

Au départ, ils avaient décidé que la discussion de plus en plus enflammée entre les héros endormirait la vigilance des terroristes. Mettant à profit ce moment d'inattention, tous deux s'échapperaient. Bien entendu, Cassidy voulait que l'idée vienne de Rachel et Will insistait pour que Nick en soit à l'origine. La jeune femme était bien décidée à défendre sa position, mais le regard que Will posait sur elle la déstabilisa.

— Qu'est-ce qu'il y a ? demanda-t-elle.

— J'ai une idée, répondit-il simplement en s'approchant d'elle. Joue le jeu.

Cassidy le considéra, soupçonneuse.

— Que vas-tu faire ?

— Ils s'avancent vers le bord de la falaise sans cesser de se disputer. Les terroristes les suivent à une courte distance, leurs armes toujours pointées sur eux.

— Et après ?

Une lueur dangereuse dansa dans le regard de Will, qui fit encore un pas vers elle.

— Au moment où les méchants s'apprêtent à les pousser dans le précipice, Nick leur demande de lui accorder la dernière faveur du condamné à mort, murmura-t-il.

— Et quelle est cette dernière faveur ?

Le sourire éclatant qu'il lui adressa prit la jeune femme au dépourvu.

— Il demande à embrasser Rachel.

— Quoi ?

— Il faudra noter dans le script que l'expression de Rachel, quand elle entend cette requête, est exactement celle que tu as en cet instant.

L'instinct soufflait à Cassidy que cette péripétie améliorerait en effet la scène, mais ce n'était pas pour cette raison que son cœur battait à tout rompre. Ce qui la mettait dans cet état, c'était bel et bien le regard assombri et intense de Will. Il n'avait tout de même pas l'intention de…

Ses cils sombres voilant son regard de braise, il franchit la courte distance qui les séparait encore l'un de l'autre et s'inclina, les yeux rivés sur la bouche de Cassidy. Celle-ci sentit ses jambes se dérober sous elle.

Quand le visage de Will ne se trouva plus qu'à quelques centimètres, elle s'approcha instinctivement et ses lèvres cherchèrent celles de son compagnon. La bouche sensuelle, encore plus douce que dans son souvenir, lui sembla incroyablement familière. Quand Will prit son visage entre ses mains, elle exhala un soupir et ses paupières, soudain lourdes, se fermèrent.

Si, un mois auparavant, on lui avait dit qu'elle embrasserait bientôt Will Ryan, elle aurait éclaté de rire, tant cette idée lui aurait paru absurde. Et pourtant, n'était-ce pas ce qu'elle faisait en ce moment même ?

Une impression d'irréalité l'envahit, associée à un étonnant sentiment de plénitude.

Elle sentit les longs doigts lui effleurer les joues, puis lui caresser la nuque, avant de remonter se glisser dans ses cheveux. Savourant le goût des lèvres masculines, elle retrouva avec délice l'odeur de cette peau qu'elle connaissait si bien autrefois. Elle en oublia qu'ils étaient censés jouer les rôles de Nick et Rachel et que ce baiser leur faisait courir un très grand danger.

Lâchant la feuille qu'elle tenait à la main, elle s'abandonna simplement aux sensations que les caresses de Will éveillaient en elle.

Seigneur ! Ces baisers lui avaient tant manqué ! Sous les lèvres de Will, elle revenait à la vie comme après un long sommeil. Cette sensation de vertige, elle ne l'avait éprouvée avec aucun autre homme depuis le jour où Will l'avait embrassée pour la première fois, sur le pont d'O'Connell Street, à Dublin. Cette fois-là aussi, elle ne s'y attendait pas. Will lui avait ensuite avoué avoir cédé à une impulsion irrésistible.

Quand Will interrompit leur baiser et s'écarta avec lenteur, la jeune femme ouvrit les yeux, fouillant son expression avec une pointe d'étonnement mêlée de crainte. Après quelques secondes durant lesquelles il la dévisagea d'un regard indéchiffrable, il posa sa joue contre celle de Cassidy et lui murmura à l'oreille :

— Alors Nick chuchote à Rachel : « Tu prends le type de droite ».

Le cœur de Cassidy manqua un battement.

Will relâcha brusquement son étreinte et fit un pas de côté. Quand il reprit la parole, sa voix ne trahissait aucune émotion.

— C'est très bien comme ça, affirma-t-il. On va l'ajouter au script et ensuite, on attaquera la scène de combat et la poursuite.

Malgré la difficulté qu'elle éprouvait à retrouver son souffle, Cassidy parvint à approuver cette décision d'un hochement de tête. Comme elle s'en voulait d'avoir oublié, l'espace de ce baiser, qu'ils étaient simplement en train de jouer les rôles de leurs personnages ! Ce n'était pas sous l'impulsion d'une envie soudaine que Will l'avait embrassée, non. C'était parce que, dans cette scène, il avait estimé intéressant que Nick embrasse Rachel.

Ravalant sa frustration, elle se baissa pour ramasser les feuillets qu'elle avait laissé échapper. Il ne lui restait plus qu'à prier pour que Will ne lui propose pas de « jouer » la scène d'amour prévue pour le plan suivant… En effet, si Will Ryan lui brisait une deuxième fois le cœur, elle ne s'en remettrait pas. D'autant qu'elle n'était même pas certaine de s'être remise de la première fois…

Cassidy ne pouvait le nier : le baiser qu'ils avaient échangé avait modifié quelque chose entre eux. Du moins, en ce qui la concernait. Pour commencer, elle ne parvenait pas à le chasser de son esprit, ce qui altérait considérablement ses facultés de concentration.

Dans son désarroi, elle en venait à souhaiter l'établissement d'une sorte d'amitié platonique entre Will et elle. Ils étaient condamnés à travailler ensemble et comment y parviendrait-elle si, chaque fois qu'elle levait les yeux vers lui, elle pensait aux délicieuses sensations qui l'avaient traversée quand ils s'étaient embrassés ? Pourquoi diable ce baiser, qui n'en était pas vraiment un, l'obsédait-il, alors que, pour Will, il ne signifiait manifestement rien ?

Et pour couronner le tout, la sensibilité de la jeune femme était maintenant exacerbée. A sa nuque qui se hérissait, elle pouvait sentir le regard de Will sur elle sans même le voir.

— Tu n'en as pas assez d'être enfermée ? interrogea-t-il soudain.

Cassidy continua de faire les cent pas dans le bureau, comme elle l'avait fait une grande partie des deux journées écoulées depuis le fameux baiser.

— Non, ça va.

— Eh bien, moi, ça ne va pas. Tes va-et-vient constants vont me rendre cinglé. Tu as perdu l'habitude de partager ton espace de travail, c'est ça ? Je ne pensais pas que tu étais devenue solitaire à ce point.

— Pardon ? demanda Cassidy en s'immobilisant.

— En fait, tu n'as vécu avec personne d'autre après mon départ, n'est-ce pas ? insista-t-il.

Elle le dévisagea, interloquée. En quoi cela le regardait-il ? Si ça lui avait chanté, elle aurait pu vivre avec vingt types après lui… Ce n'était pas le cas, bien sûr. Si on exceptait la période où elle avait habité chez son père, afin de veiller sur lui pendant sa maladie, elle avait toujours été seule. Elle avait bien envisagé à plusieurs reprises de partager son appartement avec une colocataire, mais cela ne s'était pas fait. Elle s'était peu à peu habituée à la solitude. Vivre avec quelqu'un aurait impliqué de s'engager dans la voie des compromis.

— Des compromis…, commença Will.

— Quoi ? le coupa-t-elle, estomaquée qu'il emploie justement ce mot qui venait de lui traverser l'esprit.

— Je disais que la vie à deux implique des compromis, répéta-t-il.

— Certes. Sans parler de l'intimité qu'il faut partager.

— Et les responsabilités.

Il la regarda droit dans les yeux et, gênée, elle se remit à arpenter la pièce.

— Et puis, on n'est jamais seul, poursuivit-elle.

Du coin de l'œil, elle aperçut l'expression de Will et crut un instant qu'il avait deviné les causes de sa nervosité.

— Tu as raison, conclut-elle finalement. Je ne suis pas très douée pour tout ça et j'ai l'impression que la solitude me convient mieux que la vie à deux. Il vaudrait mieux que je m'en aille.

— Tu sais bien que notre situation actuelle n'a rien à voir avec la vie à deux, Cass. Et que la solitude…

— Je sais, l'interrompit-elle. Ce que nous vivons en ce moment est artificiel et temporaire.

Cassidy se demanda pourquoi ce constat la faisait tant souffrir. Sa solitude prolongée l'avait-elle affectée plus qu'elle ne le pensait ?

— Nous partagions un appartement autrefois et ça n'a jamais posé de problèmes, fit remarquer Will.

Après une courte pause, il reprit :

— Ce n'est pas de vivre vingt-quatre heures sur vingt-quatre avec moi en ce moment qui te met dans cet état, affirma-t-il en se levant. Je crois plutôt que le mal que tu te donnes pour me tenir à distance commence à te taper sur les nerfs.

D'un bond, Cassidy se retourna et suivit Will hors du bureau.

— Qu'est-ce que tu essaies de me dire exactement ? s'enquit-elle.

— Tu le sais très bien.

Il avait vraiment un sacré culot de prétendre deviner ses moindres pensées ! Certes, neuf fois sur dix, il frappait tout près de la cible, mais cela ne signifiait pas qu'il lisait en elle à livre ouvert. Ils traversèrent la salle de séjour.

— Il suffit que je ne me jette pas dans tes bras pour que tu en déduises que je lutte désespérément ? lança-t-elle. Tu n'as pas l'impression d'avoir la grosse tête ?

Arrivé dans la cuisine, Will mit la cafetière en marche.

— Ce que je constate, c'est que tu ne veux même pas d'une relation simple et amicale entre nous. Franchement, tu ne penses pas que nous avons passé l'âge de ces enfantillages ?

Désarçonnée, Cassidy s'immobilisa et posa les mains sur ses hanches, tandis que Will pivotait sur lui-même pour lui faire face.

— Tu as changé, reprit-il. La Cassidy de Dublin était large d'esprit et elle n'hésitait pas à dire ce qu'elle avait sur le cœur. Jamais elle n'aurait ressassé je ne sais quoi, comme tu le fais depuis ton arrivée ici. Je te propose donc de m'expliquer ce qui te tracasse et qu'on en finisse.

Cassidy ouvrit la bouche pour lui dire d'aller au diable, mais il la prit de court.

— Tu m'en veux d'être parti, c'est ça ? demanda-t-il.

Abasourdie, elle resta sans voix. Il n'en avait pas fini, cependant. Non content d'avoir ouvert la boîte de Pandore, il semblait déterminé à retourner le couteau dans la plaie.

— J'ai l'impression que tu as oublié lequel de nous deux était à l'origine de la rupture, ajouta-t-il.

Avant qu'elle ait pu répliquer, quelques brefs

coups de sonnette retentirent, suivis du bruit de la porte d'entrée qui s'ouvrait.

— Bonjour ! Il y a quelqu'un ? lança une voix féminine en haut des marches. Il est temps de quitter vos claviers !

Cassidy n'eut que le temps de noter le froncement de sourcils de Will, avant de se tourner vers l'escalier. Angelique était là ! Ainsi, l'actrice avait les clés de la maison de Will… Soudain, surgissant derrière la jeune femme, une créature haute comme trois pommes dévala l'escalier en trombe pour se précipiter vers Will, qui l'attendait, les bras ouverts.

— Oncle Will ! s'écria-t-elle.

Oncle Will ? Ce n'était pas seulement la vue de la fillette blonde qui laissait Cassidy pantoise. Plus que tout, l'expression de Will la stupéfia. Il était littéralement métamorphosé. L'être impénétrable, voire insupportable qui l'affrontait un instant plus tôt avait cédé la place à un homme heureux, dont le sourire éclatant irradiait. Un rire joyeux lui secoua la poitrine quand il rejeta la tête en arrière pour mieux examiner la petite fille.

— Bonjour, mon lutin.

— On a apporté un pique-nique !

— Ah bon ?

Puis, s'adressant à Angelique qui les avait rejoints :

— Je ne me souviens pas avoir prévu un quelconque pique-nique…

— C'est une surprise ! s'exclama la fillette en riant.

— C'est le moins qu'on puisse dire ! répondit Will.

Angelique se tenait maintenant à côté de Cassidy.

— Ça vous apprendra à me faire faux bond quand je vous invite à dîner, déclara-t-elle. Scénario ou pas scénario, il faut s'alimenter !

— Nous avons réussi à nous nourrir sans ton aide jusqu'à présent, rétorqua Will en se redressant. Tu n'as jamais entendu parler du téléphone, Angie ?

— Oh ! Mais si nous avions téléphoné, cela aurait gâché l'effet de surprise.

— N'oublie pas de me rendre ma clé, un de ces jours.

Cassidy se raidit. Malgré la souffrance que cela lui causait, elle observa attentivement la petite fille blonde qui s'accrochait aux jambes de Will pour tenter de déceler une ressemblance. Pourquoi l'idée que son premier amour ait pu avoir un enfant d'une autre femme lui était-elle insupportable ? L'homme qu'il était devenu ne lui déplaisait-il pas ? Et l'arrivée d'Angie et de sa fille n'avait-elle pas interrompu une dispute qui menaçait de s'envenimer ?

— Oncle Will ?

Le sourire plein de tendresse dont Will couvait la fillette transperça le cœur de Cassidy comme un poignard.

— Oui, mon lutin ?

— Le pique-nique est pour la plage, et j'ai apporté mon maillot de bain, poursuivit-elle avec enthousiasme.

— Dans ce cas, nous ferions bien de vérifier si la mer est toujours là, déclara Will.

La plaisanterie fit rire la petite fille et Cassidy, qui avait suivi l'échange, ne put s'empêcher de sourire à son tour. Angelique s'approcha d'elle et la prit par le bras.

— Parfois, je me demande lequel des deux mène l'autre par le bout du nez, murmura-t-elle en se penchant vers elle. Tu as un Bikini ?

La perspective de s'exhiber en maillot de bain sur une plage de Malibu à côté de cette déesse donna à Cassidy l'envie de disparaître sous terre. Ça ne risquait pas de se produire. De toute façon, elle n'avait pas de maillot.

— Will pourrait te donner ta première leçon de surf pendant que Lily fera du bodyboard, poursuivit l'actrice sans attendre sa réponse.

Machinalement, Cassidy chercha le regard de Will. Celui-ci venait de se redresser et l'image de son corps ruisselant d'eau s'imposa pour la deuxième fois à l'esprit de la jeune femme. Troublée, elle déglutit avec difficulté. Le regard vert qui retint le sien prisonnier pendant quelques secondes semblait avoir pris une intensité nouvelle. Cassidy ne put qu'adresser une prière muette au ciel pour qu'en cet instant précis, Will soit incapable de suivre le cours de ses pensées. Elle s'estimait déjà assez humiliée.

D'un hochement de tête, Will approuva la suggestion d'Angelique.

— N'oublie pas la crème solaire, ajouta-t-il. Tu trouveras des serviettes de plage dans la buanderie. Angie va te montrer où ça se trouve.

Malgré ses protestations répétées, Cassidy se retrouva sur la plage, en maillot une pièce, Dieu merci ! Enduite d'écran total, elle s'était également protégée du soleil et des regards en revêtant une chemisette de lin et le chapeau de paille à larges bords qu'Angelique avait laissé chez Will lors d'une précédente visite. Les lunettes de soleil de rigueur masquaient ses yeux. Un genou artistiquement replié, elle était assise sur une immense couverture à côté d'Angie. Comme il fallait s'y attendre, celle-ci portait un Bikini. Ainsi, elles devaient offrir l'image riche en contrastes d'une actrice des années 50 aux courbes généreuses côtoyant une déesse d'aujourd'hui. Décidément, elle était née trop tard.

Le spectacle de Will s'ébattant dans l'eau avec Lily avait quelque chose d'un supplice. La jeune femme se trouvait pathétique de saliver comme une adolescente à la vue de la musculature harmonieuse de son compagnon. Surtout quand on songeait que la fillette avec laquelle il jouait ainsi dans les vagues était sans doute sa fille. Et que la femme assise près d'elle était celle avec qui il l'avait conçue. Jamais, de toute sa vie, Cassidy n'avait éprouvé un tel sentiment de jalousie.

— Lily l'adore.

Quand elle tourna la tête vers Angelique, qui venait de prononcer ces paroles, elle vit que l'actrice souriait en observant sa fille et Will.

— Il fera un père fantastique, poursuivit-elle.

Au prix d'un effort considérable, Cassidy parvint à masquer le soulagement qui l'envahit quand elle comprit le sens de la remarque de sa compagne.

— Lily est vraiment très jolie, fit-elle remarquer.

— Je trouve aussi, mais je manque d'objectivité. Tu as des enfants, Cass ?

— Une trentaine.

En réponse à la mine stupéfaite d'Angelique, elle ajouta en souriant :

— Je suis institutrice.

— Ah, d'accord ! Tu m'as fichu une de ces frousses !

Malgré la vague jalousie que lui inspirait encore Angie à cause de l'amitié qui la liait à Will, Cassidy appréciait de plus en plus l'actrice. Elle ne ressemblait pas du tout à l'image que renvoyait d'elle la presse à scandale. Et l'amour manifeste qu'elle portait à sa fille la rendait incroyablement humaine.

Angie se retourna alors pour s'allonger sur le ventre. Balançant ses pieds d'avant en arrière, elle semblait étudier Cassidy derrière ses lunettes noires.

— Will et toi, vous n'avez jamais envisagé d'avoir des enfants quand vous étiez ensemble ? interrogea-t-elle soudain.

Si sa question était personnelle, elle montrait également qu'Angie en savait déjà long sur sa relation avec Will. Toutefois, l'idée d'évoquer un sujet aussi intime avec une femme qui avait été — ou qui était peut-être encore — la petite amie de Will la mettait mal à l'aise. Elle préféra donc s'en tirer par une réponse évasive.

— Nous étions très jeunes, dit-elle en haussant les épaules.

Jouez au grand
BINGO STAR!
Grattez la boule dorée
BINGO
Si vous découvrez le numéro
7
Bravo !
Vous avez gagné en CADEAU
2 Romans Horizon + 2 Cadeaux GRATUITS

DÉTACHEZ SELON LES POINTILLÉS ET POSTEZ AUJOURD'HUI MÊME.

❒ **Oui,** envoyez-moi mes **2 livres Horizon gratuits** et mes **2 cadeaux surprise**. Les frais de port me sont offerts.

J'accepte de recevoir ensuite chaque mois 4 livres de la collection Horizon, simplement en consultation, au prix exceptionnel de 3,85 € le volume (au lieu de 4,05 €), auxquels viennent s'ajouter 2,80 € de participation aux frais de port. Je n'ai aucune obligation d'achat et je peux retourner les livres, frais de port à ma charge, sans rien vous devoir, ou annuler tout envoi futur, à ma guise. Il en sera ainsi tous les mois tant que je le voudrai. **Dans tous les cas, je conserverai mes cadeaux.**

N° ABONNÉE (SI VOUS EN AVEZ UN) ...

❒ Mme ❒ Mlle

NOM .... PRÉNOM ....

ADRESSE ....

.... CP ....

VILLE ....

N° DE TÉLÉPHONE ....

DATE DE NAISSANCE ....

EMAIL ....

Offre valable jusqu'au 31/07/2010. Vous recevrez votre colis 20 jours environ après réception de cette carte.

0B0E01

❒ Oui, je souhaite recevoir les offres promotionnelles des Éditions Harlequin par e-mail.

❒ Oui, je souhaite recevoir les offres promotionnelles des partenaires des Éditions Harlequin par e-mail.

Cette offre – soumise à acceptation - est valable en France métropolitaine uniquement jusqu'au 31 août 2010 à raison d'une demande par foyer. Prix susceptibles de changement. Réservé aux lectrices de plus de 18 ans qui n'ont pas encore demandé de livres gratuits. Photos non contractuelles. Conformément à la loi Informatique et Liberté du 6 janvier 1978, vous disposez d'un droit d'accès et de rectification aux données personnelles vous concernant en vous adressant au : Service Lectrices Harlequin – BP 20008 - 59718 Lille cedex 9. Les informations demandées sont nécessaires à la gestion de votre commande et le suivi de la relation commerciale. Si vous ne souhaitez pas recevoir des offres promotionnelles, cochez ci-contre ☐ Y. Par notre intermédiaire, vous pouvez être amenée à recevoir des propositions commerciales de nos partenaires. Si vous ne le souhaitez pas, cochez ci-contre ☐ O.

ECOPLI T

20 g
Validité permanente

HARLEQUIN
AUTORISATION 59031
59789 LILLE CEDEX 9

Sa désinvolture ne leurra pas Angie.

— Will s'est toujours montré réticent à parler de toi. Et nous avons dû le soûler un soir pour qu'il nous parle de sa jeunesse en Irlande.

Will avait évoqué son enfance… De sa part, c'était exceptionnel. Angie en avait-elle conscience ? Cassidy elle-même sortait avec lui depuis un an quand elle avait enfin eu droit à toute l'histoire. Elle n'avait cependant pas eu besoin de le faire boire pour cela. Un détail qu'elle n'avait pas relevé tout de suite interrompit soudain le fil de ses pensées.

— *Nous ?*

— Le père de Lily — mon compagnon par intermittence, Eric — est l'un des meilleurs amis de Will, reprit Angie en examinant ses ongles manucurés. C'est par lui que j'ai connu Will, qui est aussi le parrain de Lily.

— Ah…

Machinalement, Cassidy leva les yeux vers l'océan. Will tenait Lily par la taille et la faisait tournoyer dans l'eau, à la plus grande joie de la fillette. Un lien existait bel et bien entre eux, mais pas celui qu'elle avait soupçonné.

Un rire malicieux la fit se retourner vers Angie.

— Oui, je me demandais si tu t'étais posé cette question. Tu sais que tu es incroyablement facile à cerner ? la taquina l'actrice. C'est tellement rare dans cette ville !

Cassidy se sentit rougir.

— Puis-je te poser une question ? poursuivit Angie.

— Ça dépend, répliqua-t-elle, sur ses gardes.

— Je me suis souvent demandé pourquoi Will ne t'avait pas emmenée avec lui.

— Quand il a quitté l'Irlande pour Hollywood ?

— Oui. Vous formiez une super équipe sur le plan professionnel. Et je ne parle pas de votre relation.

Peut-être parce qu'elle ne s'attendait pas à cette question, Cassidy décida d'y répondre. Baissant la voix, bien que le bruit des vagues eût de toute façon empêché Will de l'entendre, elle déclara :

— Je ne pouvais pas partir.

— Mais il te l'avait demandé ?

— Oui.

Si seulement la situation qu'elle avait vécue avait été aussi simple que cette réponse le laissait entendre !

— Tu le regrettes ? demanda Angie après quelques secondes de silence.

Un sourire mélancolique étira les lèvres de Cassidy.

— C'est compliqué ! murmura-t-elle. Je pense que ce n'est pas une question de regrets. J'ai dû faire un choix et ce choix a eu des conséquences sur ma vie… Je ne sais pas pourquoi je te raconte tout ça !

— Peut-être que tu as besoin d'une amie ?

Angelique attendit que Cassidy ait relevé la tête vers elle pour poursuivre :

— Je t'aime bien, déclara-t-elle en lui dédiant un sourire chaleureux. Et je pense que nous sommes faites pour nous entendre. Pour commencer, tu ne me traites pas comme une star, ce que j'apprécie infiniment.

Cassidy se pencha vers elle et murmura d'un air de conspiratrice :

— Tu *es* une star.

— Chut, on pourrait t'entendre ! répliqua Angie sur le même ton.

Elles étaient en train de rire comme des gamines quand une ombre se projeta sur elles, obstruant le soleil. Levant la tête, Cassidy découvrit la silhouette sombre de Will qui se découpait dans la lumière.

— Prête pour ta leçon de surf ? lança-t-il.

5.

— Je n'ai pas tellement envie d'apprendre à surfer, marmonna Cassidy en suivant pourtant Will. Je vais couler comme une baleine.

Revenant sur ses pas, il lui prit la main et l'entraîna vers l'océan.

— Les baleines ne coulent pas, elles nagent, rétorqua-t-il d'un ton excédé. Comme toi. Arrête de faire une fixation sur ton poids, Cass. De toute façon, une femme est censée avoir des rondeurs. Et j'en ai assez d'être entouré de créatures filiformes qui s'obstinent à comptabiliser les calories que contient le verre d'eau qu'elles boivent.

Cassidy tenta en vain de lui faire lâcher prise.

— Tu essaies encore de m'intimider, Ryan ?

— Non. Je veux t'obliger à t'amuser. On dirait que tu as oublié ce que ce mot-là veut dire.

— C'est l'homme trop débordé pour profiter de la plage devant sa maison qui parle ?

Will se retourna et ils se retrouvèrent nez à nez.

— Ne t'inquiète pas pour moi, Cass. Moi, je sais m'amuser…

A en juger par la lueur qui brillait dans ses yeux verts, ce n'était pas aux joies du surf que Will pensait. Visiblement satisfait de sa dernière réplique, il toisa la jeune femme de la tête aux pieds.

— Enlève-moi ça, ordonna-t-il.

Profitant de ce qu'il lui avait lâché le poignet, elle plaqua les deux mains sur sa chemisette, comme si elle redoutait qu'il la lui ôte de force.

— Pas question ! riposta-t-elle.

Quand Will croisa les bras, l'attention de Cassidy fut attirée malgré elle par son torse puissant. Détournant les yeux de ce spectacle qui lui donnait bien des idées, elle releva la tête et soutint le regard de son compagnon.

— Tu sais qu'elle va être transparente, une fois mouillée, fit-il remarquer.

En fait, elle n'avait pas pensé à ce désagrément. A présent, elle était plus décidée que jamais à renoncer à la leçon de surf. Mais tandis qu'elle tentait déjà de s'éloigner, une main de fer captura de nouveau son poignet.

— Allonge-toi, le ventre contre la planche.

Interloquée, Cassidy baissa les yeux pour découvrir une planche de surf posée sur le sable à ses pieds.

— Pourquoi ?

Il baissa la tête et leurs fronts se touchèrent presque.

— Quelle question ! Tu as oublié que tu es là pour prendre une leçon de surf ?

— Mais… je pensais que ça se passerait sur l'eau.

Elle avait toutes les peines du monde à formuler une pensée cohérente quand Will était si proche.

— La technique de base s'apprend sur la terre ferme.

Visiblement, il ne se moquait pas d'elle. Pourtant, l'idée de devoir s'allonger sur le ventre sous le regard de Will ne l'enchantait guère. Si seulement un tsunami pouvait s'abattre sur la plage en cet instant et lui épargner cette épreuve !

— Pourquoi faut-il que je m'allonge sur le ventre ?

— Parce que c'est comme ça qu'on rame sur l'eau pour attraper les vagues.

D'où tenait-il l'idée qu'elle avait envie d'« attraper les vagues » ? Si ça ne dépendait que d'elle, toutes les vagues vogueraient librement sans qu'aucun humain ne cherche à les capturer.

— Tu ne veux pas me faire une démonstration d'abord ? demanda-t-elle, cherchant à gagner du temps.

Secouant la tête pour lui faire comprendre qu'il voyait clair dans son jeu, Will s'allongea sur la planche. Quand il commença à crawler, elle fut subjuguée par le jeu des muscles sous la peau hâlée de son dos. Elle ne se souvenait pas qu'il fût aussi musclé.

— Tu dois ramer de façon régulière, tout en surveillant les vagues. Ensuite, tu essaies de te mettre debout au moment où la vague touche la planche.

Mettant en pratique ses conseils, il se redressa d'un bond souple et se maintint debout sur la planche, faisant mine de garder l'équilibre à l'aide de ses bras tendus.

— Sers-toi de tes pieds pour te diriger. Si tu portes ton poids sur tes orteils, tu iras dans une direction, si tu appuies sur les talons, tu iras dans l'autre.

A l'entendre, surfer était un jeu d'enfant. Cassidy, quant à elle, n'en était pas aussi convaincue et elle se prépara mentalement à avaler des litres d'eau salée.

— A ton tour ! s'exclama Will.

Quand il perçut son hésitation, il la taquina :

— Poule mouillée ! Où est donc passé ton esprit aventurier légendaire ?

Après lui avoir jeté un regard assassin, Cassidy s'allongea sur la planche à contrecœur.

— Je te hais, déclara-t-elle.

— Mais non ! répliqua-t-il en s'agenouillant sur le sable à côté d'elle.

Quand elle fut allongée, elle leva les yeux vers lui et elle surprit le regard qui parcourait son corps. Plaquée contre la planche, elle devait vraiment avoir l'air d'une baleine échouée ! A son propre étonnement, cette image, au lieu de la morfondre, la fit éclater de rire.

— Oh que si ! répliqua-t-elle.

Sa première tentative pour prendre pied sur la planche se solda par une chute en avant. Elle parvint à se rétablir de justesse en posant une main sur le sable chaud.

— Essaie encore, l'encouragea Will.

La fois suivante, elle atterrit sur les fesses et elle le fusilla du regard quand elle vit son expression amusée. Il tendit une main secourable pour l'aider à se relever.

— Encore, répéta-t-il après s'être éclairci la gorge.

— Tu me préviendras quand ça commencera à être amusant ? grommela Cassidy.

La troisième fois fut pire encore. Non seulement elle perdit l'équilibre, mais elle tomba sur Will, l'entraînant avec elle sur le sable dans un enchevêtrement de bras et de jambes. En un réflexe protecteur, il l'enlaça alors. Quand ils s'immobilisèrent, leurs visages n'étaient séparés que de quelques centimètres. Et l'un de ses merveilleux sourires illuminait les traits de Will.

A travers la fine étoffe de sa chemise, la chaleur qui émanait du torse nu de son compagnon se propagea à chaque parcelle du corps de Cassidy.

Avec une douceur bouleversante, Will remonta la main le long de sa joue pour écarter les cheveux de son visage et les glisser derrière son oreille.

Le cœur de la jeune femme battait si fort dans sa poitrine qu'il était impossible que Will ne le perçoive pas. Tout comme il devait sentir la pointe de ses seins dressés sous l'effet de la vague de désir qui la submergeait. Son esprit affolé chercha désespérément une réplique amusante pour faire retomber la tension, mais avant tout, elle devait s'éloigner, afin qu'il ne sache rien de l'étendue du désir qu'elle ressentait en cet instant.

De toute évidence, Will aussi éprouvait des difficultés à respirer et elle le vit déglutir, avant de déclarer d'une voix étouffée :

— Nous allons réessayer.

Dans l'état où elle était, Cassidy mit quelques secondes à comprendre qu'il ne lui proposait pas de recommencer à s'enlacer sur le sable. Au moins, l'un d'eux avait gardé la tête froide ! songea-t-elle, tandis qu'ils se séparaient.

— Si je n'y arrive pas sur la terre ferme, déclara-t-elle en époussetant le sable qui lui collait aux jambes, je ne vois pas comment je vais faire sur l'océan en mouvement.

— N'abandonne pas aussi vite, Cass. Certaines choses méritent qu'on fasse un effort. Toi qui aimes tellement l'océan, tu verras, c'est un moyen extraordinaire d'en profiter.

Quelques heures plus tard, elle dut reconnaître qu'il avait eu raison. Comme elle dut reconnaître que l'obstination de Will, ses encouragements et sa patience avaient fini par venir à bout de ses réticences.

A sa dernière tentative, elle parvint à se maintenir debout sur la planche. Au rire de satisfaction qui lui échappa quand elle réussit à surfer sur une vague pendant plusieurs mètres, répondit le cri de victoire de Will. Elle finit évidemment par perdre l'équilibre. Quand elle remonta à la surface, elle leva les bras pour lisser ses cheveux en arrière. Son sourire ravi s'évanouit quand elle vit Will venir à sa rencontre. Il avait récupéré le surf et le poussait vers le rivage. Comme elle, il avait de l'eau jusqu'à la taille. Le feu qu'elle découvrit dans ses prunelles tandis qu'il promenait son regard sur elle lui coupa le souffle.

Pendant de longues secondes, ils restèrent les yeux dans les yeux, bercés par le va-et-vient lancinant des vagues, dont le mouvement parut soudain incroyablement suggestif à Cassidy. Un gémissement sourd lui échappa alors, que le vent emporta heureusement au large. Soudain, Will rompit le charme en se tournant vers l'horizon. A la crispation de sa mâchoire, elle devina la lutte intérieure qu'il menait. Profitant de ce qu'il ne pouvait la voir, elle le dévora des yeux. Des gouttelettes étincelaient sur son corps splendide et ses boucles sombres brillaient. Il était sans conteste l'homme le plus séduisant qu'elle ait jamais connu. Et jamais elle ne l'avait désiré aussi violemment qu'en cet instant.

De son côté, Will semblait avoir réussi à reprendre sa maîtrise de lui-même. Pour cela, une profonde inspiration avait suffi, songea-t-elle avec dépit. Quand il se retourna vers elle, le sourire qui flottait sur ses lèvres ne propageait pas la chaleur habituelle.

— Je t'avais bien dit que tu y arriverais, s'exclama-t-il. Félicitations !

Cassidy ne put néanmoins se résoudre à en rester là. D'autant que le souvenir de l'expression qu'elle avait lue dans les yeux masculins lui insufflait du courage.

— Will..., commença-t-elle.

Sa voix, légèrement voilée par l'émotion, fit tressaillir Will. Il ne la laissa pas achever.

— Je vais attraper quelques vagues, coupa-t-il. A tout à l'heure.

Sur ces mots, il pointa la planche vers le large, se hissa dessus à plat ventre et entreprit de ramer au-devant des vagues.

Avait-elle rêvé ce moment magique ? L'attitude de Will semblait l'indiquer. De toute évidence, le désir qu'ils éprouvaient l'un pour l'autre autrefois ne lui inspirait aucune nostalgie. Sa réaction, quand il l'avait aperçue surgissant des flots avec sa chemise mouillée plaquée contre son corps, était celle qu'aurait eue n'importe quel homme normalement constitué.

Absorbée par la relecture du premier jet de leur scénario, Cassidy pouvait néanmoins sentir le regard de Will posé sur elle. Cela durait depuis des jours et cela commençait à lui taper sur les nerfs.

— Qu'est-ce qu'il y a, Will ?

— Tu ne trouves pas que l'atmosphère est un peu tendue ?

— Will… Dois-je te rappeler que nous avons du travail ? rétorqua-t-elle sans lever les yeux.

Si son compagnon était capable de l'étudier comme un insecte entre les lames d'un microscope, elle-même se gardait bien d'en faire autant. Depuis l'épisode de la plage, elle ne pouvait pas soutenir son regard plus d'une seconde. Le sentiment de rejet qu'elle avait éprouvé la faisait encore souffrir. Elle ne se privait toutefois pas d'observer son compagnon à la dérobée quand elle était certaine qu'il ne risquait pas de la surprendre.

— Ça suffit pour la matinée, déclara-t-il en se levant. Viens, on va casser la croûte.

A contrecœur, Cassidy se leva de son siège. Ces derniers jours, les heures s'étaient étirées avec une lenteur incroyable et elle n'était pas sûre de tenir longtemps dans ces conditions. Sans compter que, si Will continuait à la nourrir de bonnes choses, elle allait repartir d'ici avec dix kilos supplémentaires !

— Nous allons déjeuner sur la terrasse, annonça-t-il quand ils furent dans la cuisine. Il paraît que la vue de l'océan a un pouvoir apaisant.

Préférant ne pas relever la pique, Cassidy entreprit

de mettre la table, tandis que Will préparait des sandwichs. Elle sortit les verres et le jus de fruits du réfrigérateur, tout en remarquant la façon dont ils s'affairaient tous deux dans la cuisine sans se gêner l'un l'autre. Curieusement, le ballet bien réglé que décrivaient leurs mouvements provoqua en elle un sentiment proche de la tristesse, mêlé de nostalgie. Cela lui rappelait ses parents. En ce qui les concernait, cette complicité venait d'une longue vie commune, ce qui n'était pas le cas pour Will et elle.

En sortant sur la terrasse, elle fixa son regard vers l'océan.

— On ne se lasse jamais de cette vue, fit-elle remarquer.

— C'est vrai, approuva-t-il avec un sourire.

Elle posa les verres sur la table, puis alla s'appuyer à la rambarde. Là, elle prit une profonde inspiration et savoura la légère brise qui lui caressait le visage. Elle sourit en songeant au pouvoir apaisant que cet endroit avait sur elle, malgré les circonstances particulières de son séjour. Will ressentait-il la même impression ? Elle se souvenait qu'autrefois, il n'était pas du genre à se satisfaire des plaisirs simples de l'existence, même s'il savait les apprécier. Cassidy, pour sa part, avait appris à connaître la valeur et la fragilité de la vie et elle savourait les plus petits plaisirs que celle-ci lui accordait.

Néanmoins, quand elle contemplait l'océan, comme en ce moment, son esprit revenait toujours à la leçon de surf et, de là, au baiser qu'ils avaient échangé lors de l'écriture de la scène de la falaise. Pourquoi ce baiser l'obsédait-il à ce point ? Sans doute parce que le Will plus mature qu'elle avait retrouvé après des années de séparation était la séduction faite homme.

Le bruit d'un plateau posé sur la table l'arracha à ses réflexions et elle réussit à se composer une expression impassible avant qu'il ne vienne la rejoindre. Ils restèrent ainsi quelques instants, appuyés à la rambarde, silencieux devant l'océan. Quand Cassidy se décida enfin à tourner la tête, elle s'aperçut que son compagnon l'observait.

— Tu te sens mieux ? demanda-t-il.

Une onde délicieuse se propagea en elle sous la chaleur de son sourire.

— Je crois que le fait d'être cloîtrée dans ce bureau commence à me taper sur le système, avoua-t-elle.

Will acquiesça sans mot dire, comme si elle n'avait fait que confirmer ce qu'il soupçonnait déjà, puis il tourna la tête vers l'océan.

Elle crut que le sujet était clos, mais, au bout

de quelques minutes d'un silence complice, la question qu'il lui posa vint la détromper.

— Alors, tu me racontes ce qui te tracasse vraiment ?

Prise au dépourvu, Cassidy mordit dans son sandwich à demi entamé pour se donner une contenance et — qui sait ? — éviter de répondre.

Sans se démonter, Will saisit un autre sandwich sur le plateau.

— J'ai compris, reprit-il. Mais ne crois pas que je vais lâcher prise. Je vais répéter ma question tous les quarts d'heure et tu finiras bien par y répondre. Je te parie que ça se produira au beau milieu d'une discussion.

Il eut le culot d'appuyer sa remarque sarcastique d'un clin d'œil.

— Tu es toujours aussi obstiné, n'est-ce pas ? fit-elle remarquer entre deux bouchées.

— Oui, répliqua-t-il en affichant un sourire suffisant.

— Ce n'était pas un compliment.

— Pour moi, obstination est synonyme de détermination. Et si ma mémoire est bonne, avec toi, il est toujours plus sage de découvrir rapidement ce qui te tracasse si l'on veut éviter que ça devienne ingérable. Je ne connais pas beaucoup de gens qui aiment faire la tête autant que toi.

— Ça te va bien de me dire ça ! grommela-t-elle en haussant dédaigneusement les épaules. Alors que tu es comme tous ces beaux gosses qui utilisent cette méthode en pensant que cela entretient leur mystère.

Désarçonnée par le silence qui accueillit cette déclaration, elle se tourna vers Will. Quelle ne fut pas sa surprise de découvrir une pointe de stupéfaction mêlée d'amusement dans le regard vert.

— Qu'est-ce qu'il y a encore ? demanda-t-elle, excédée.

— Tu me trouves *beau gosse* ?

— Je n'ai jamais dit ça !

Ou du moins, elle n'avait pas fait exprès.

— Oh, tu sais, cela ne me dérange pas que tu penses cela de moi.

— Je ne pense pas cela de toi !

De toute évidence, il avait toutes les peines du monde à se retenir de sourire. Se laissant retomber contre le dossier de son fauteuil, il déclara :

— J'étais sur le point de te donner mon interprétation personnelle de ce sentiment d'enfermement que tu dis éprouver, mais maintenant… Maintenant, je crois que je vais te laisser tirer tes propres conclusions. Comme ça, je serai le *beau gosse* et j'entretiendrai mon mystère.

Cassidy dut maîtriser l'impulsion qui la poussait à lui jeter son sandwich à la tête.

— Ce n'est pas ce que je voulais dire ! s'exclama-t-elle, furieuse. Je t'interdis de retoucher mes dialogues en dehors des heures de bureau !

— C'est curieux, mais je me sens soudain de bien meilleure humeur qu'il y a vingt minutes.

Il jubilait et Cassidy se demanda ce qu'il avait fait de la décision tacite de maintenir leur relation sur un plan strictement professionnel. Ce n'était pas en flirtant ainsi avec elle qu'il y parviendrait ! Sous la caresse de son regard de braise, elle eut l'impression que la lutte qu'elle menait désormais seule était sans espoir. Pour son plus grand malheur, Will était conscient de l'effet qu'il produisait sur elle et il semblait s'en réjouir.

S'arrachant à l'emprise de ses yeux verts, elle rechercha l'apaisement que lui procurait la vue de l'océan.

— Tu sais que tu es l'homme le plus insupportable que je connaisse ? déclara-t-elle.

— Peut-être, mais il n'empêche que je suis beau gosse et mystérieux.

Un regard en coin lui permit de constater qu'il s'était tranquillement remis à dévorer son sandwich et elle s'abstint de lui lancer une repartie cinglante. Dix minutes s'écoulèrent en silence.

Perdus dans leurs pensées, tous deux regardaient l'océan et Cassidy ne put s'empêcher de songer que cela faisait une éternité qu'elle ne s'était pas sentie aussi bien.

— Tu penses qu'elle finira par lui pardonner ? déclara Will, interrompant sa rêverie.

— Tu parles de Rachel ?

Elle tourna la tête vers lui et vit qu'il la dévisageait avec cette intensité silencieuse à laquelle elle commençait à s'habituer.

— Elle peut être sacrément butée quand elle a une idée en tête, poursuivit Will.

— Elle cherche à se protéger. Regarde où ça l'a conduite, la dernière fois qu'elle a joué franc-jeu avec lui.

— Elle savait ce que Nick ressentait pour elle.

— Faux. Elle croyait le savoir.

Dans l'esprit de Cassidy, les souvenirs réels se mêlaient aux scripts qu'ils avaient écrits.

— Leur dernière dispute était plutôt passionnée, lui rappela-t-elle en se tournant de nouveau.

— Il arrive souvent que, dans le feu de la discussion, on dise des choses qu'on ne pense pas vraiment.

— Je te l'accorde.

— Peut-être qu'ils devraient essayer de tirer les choses au clair une bonne fois pour toutes ?

Cassidy esquissa une grimace.

— Je pense que Rachel préférerait subir les pires tortures plutôt que de se montrer sincère avec lui.

— Et Nick aussi.

— Nous voilà donc dans une impasse, conclut Cassidy en souriant.

Pendant quelques secondes, il la dévisagea, puis une lueur fugitive illumina son regard, comme s'il venait d'avoir une idée. Il lui tendit la main droite.

— Will Ryan, se présenta-t-il.

— A quoi joues-tu ? s'enquit Cassidy en haussant un sourcil amusé.

— Je recommence à zéro, expliqua-t-il en désignant sa main tendue d'un geste du menton. Tu es censée prendre la main que je te tends et te présenter à ton tour. Vas-y, respire un bon coup et lance-toi. Je sais que tu en es capable.

Le sourire de Cassidy s'élargit.

— Tu penses que tu parviendras à tes fins si tu me traites avec autant de condescendance ?

— Compte jusqu'à dix et ravale tes sarcasmes. Sinon, nous finirons par nous entre-tuer, une fois le scénario terminé.

— J'avais l'impression que c'était ton intention première.

— *Malone !* Méfie-toi, si tu continues, je vais être obligé de sortir le grand jeu…

Déjà, le vert de ses yeux se teintait d'une nuance plus sombre et sa voix prenait une inflexion rauque, éveillant en Cassidy des images de draps froissés et de conversations langoureuses sur l'oreiller. Son sourire narquois s'évanouit et elle baissa la tête pour examiner la main que Will lui tendait toujours. Quel dilemme ! Si elle gardait ses distances, il ne lui laisserait aucun répit. Au contraire, si elle acceptait la franche amitié qu'il lui offrait, leurs rapports seraient moins tendus. Mais arriverait-elle à n'être qu'une amie pour lui ? Elle savait qu'elle prenait un sérieux risque.

Will agita la main.

— Allez, Cass…

Sa voix était à présent un murmure sensuel qui la fit frissonner. Comment parvenait-il à être à la fois aussi tentateur et aussi terrifiant ? Avait-il seulement conscience de son pouvoir ? Et se doutait-il qu'il jouait avec le feu ? En effet, ils n'avaient jamais été de simples amis. Il y avait toujours eu quelque chose de plus entre eux.

Prenant une profonde inspiration, elle tendit la main à son tour. Will la saisit. La chaleur de leur contact propagea une onde délicieuse dans tout le corps de la jeune femme, de l'extrémité de ses doigts jusqu'à son cœur. Raffermissant son étreinte, Will secoua sa main.

— Will Ryan, répéta-t-il. On dit que je suis l'homme le plus insupportable du monde. J'ai une tendance à l'arrogance, que je n'arriverai sans doute jamais à maîtriser. Je souffre également de la manie de me lever au milieu de la nuit pour manger des tartines au beurre de cacahuètes…

Cassidy ne put réprimer un sourire. Lentement, elle glissa son regard le long du bras de Will, s'arrêta quelques secondes sur les boucles sombres qui rebiquaient derrière ses oreilles, pour s'immobiliser sur les prunelles vertes. Résistant à une furieuse envie de glousser comme une écolière, elle secoua la tête.

— Cassidy Malone. Connue pour avoir le chic pour se ridiculiser en public. J'ai aussi tendance à tirer des plans sur la comète. Enfin, je suis convaincue que le beurre de cacahuètes est une invention du diable.

— Enchanté, Cassidy Malone. Puis-je vous appeler Cass ?

— Comment pourrais-je m'y opposer.

Will lui adressa un de ses sourires ravageurs.

Puis il effleura du pouce les doigts qu'il tenait toujours dans la main.

— On pourrait utiliser la même technique pour Nick et Rachel, qu'en penses-tu ?

— Pas moyen de leur échapper, à ces deux-là, s'exclama-t-elle en levant les yeux au ciel.

Tout en parlant, elle tenta de retirer sa main, mais Will ne semblait pas décidé à la lâcher.

— Tu aurais envie de leur échapper un moment ? interrogea-t-il.

Hypnotisée par le mouvement régulier que le pouce de Will traçait sur sa main, elle ne songeait pas à détacher son regard des yeux verts. Elle finit malgré tout par saisir le sens de ses paroles.

— Will, si nous n'arrêtons pas de prendre des pauses, nous ne viendrons jamais à bout de ce scénario ! protesta-t-elle.

Il l'étudia avec une intensité troublante.

— Tu es pressée d'en finir, n'est-ce pas ? J'imagine que tu en as assez d'être ici.

Pas tout à fait, dut-elle reconnaître. Elle était ravie d'avoir découvert que son inspiration ne s'était pas tarie comme elle l'avait redouté. De même qu'elle adorait ce moment particulier où les scènes qu'ils écrivaient prenaient forme. Elle ne pouvait nier non plus qu'elle s'était prise d'affection pour cette magnifique maison au bord de l'océan, ni qu'elle avait apprécié l'après-midi sur la plage en compagnie d'Angie et de Lily. Elle ne regrettait pas d'avoir fait la connaissance de l'actrice, ni d'avoir commencé à nouer une amitié avec cette dernière.

Cependant, son temps était compté et elle ne pouvait se permettre d'apprécier à leur juste valeur ces moments qui semblaient appartenir à un rêve. Bientôt, elle devrait s'en aller et commencer à songer à la vie qu'elle souhaitait mener à l'avenir. Une vie plus épanouissante que celle de ces dernières années.

— Cass ?

Il avait interrompu sa caresse, mais ce fut l'incroyable tendresse avec laquelle il avait prononcé son nom qui l'arracha à ses pensées.

— Désolée, j'étais dans les nuages. J'ai tendance à faire ça, en plus du reste.

— Je ne l'ai pas oublié…

Seigneur, pourquoi fallait-il qu'il mette juste assez de douceur dans le ton de sa voix pour qu'elle ait l'impression que ce souvenir lui tenait à cœur ?

Cette fois-ci, quand elle fit une nouvelle tentative pour libérer sa main, il ne la retint pas. Serrant les poings, elle ramena les bras contre elle. Will, de son côté, se laissa retomber contre le dossier du fauteuil. Son visage avait repris cette expression indéchiffrable qu'elle détestait tant.

Il prit son verre sur la table, puis il se leva.

— C'est bon, j'ai eu ma réponse, déclara-t-il en se dirigeant vers la cuisine. Nous ferions mieux de nous remettre au travail maintenant.

6.

Sous le coup d'une impulsion aussi subite qu'inexplicable, Cassidy éprouva le besoin de le détromper. Bondissant sur ses pieds, elle le suivit dans la cuisine.

— Attends, Will ! Ta réponse, tu ne l'as pas eue.

S'immobilisant au milieu de la pièce, il se tourna vers elle.

Comment allait-elle s'y prendre pour s'expliquer sans dévoiler la profondeur de ses sentiments ?

— Je ne suis pas… ou plutôt : ce n'est pas parce que je ne suis pas…, bafouilla-t-elle, avant de pousser un soupir d'exaspération et de reprendre : En fait, je me sens un peu perdue. Nous avons tellement changé, toi et moi ! Et le fait de vivre ensemble, sous le même toit…

Elle leva les bras en un geste d'impuissance.

— Nous avons changé…

— Tu te répètes.

Comment pouvait-il garder son calme alors qu'elle-même se démenait pour lui faire comprendre ce qu'elle ressentait ? Quand elle le regarda de nouveau, elle capta la lueur d'amusement qui dansait dans son regard vert et elle se sentit stupide.

— Will, je ne suis que de passage ici — et dans ta vie —, mais ce scénario est très important pour moi. Je n'ai pas envie de tout gâcher.

— Pourquoi est-il si important ?

Voyant qu'elle hésitait, il s'approcha d'elle.

— Je comprends pourquoi tu ne veux pas tout gâcher, reprit-il. C'est le cas de toute personne impliquée dans un projet qui lui tient à cœur. Et je me souviens du temps où tu voulais réussir dans ce métier autant que moi…

Cassidy esquissa une moue ironique.

— Apparemment, pas tout à fait autant que toi.

— D'accord, nos motivations n'étaient pas les mêmes, reconnut-il. Mais je pensais que nous visions le même objectif.

Sous-entendait-il que, si tel avait été le cas, elle aurait tout quitté pour l'accompagner en Californie ? Ils avaient pourtant bel et bien partagé un même rêve. Et s'ils s'étaient séparés, c'était parce que la vision romantique que Cassidy avait de leur avenir commun n'avait pas pesé bien lourd face à l'ambition de Will, qui voulait prouver à la terre entière — et en particulier à ceux qui l'avaient toujours considéré comme un bon à rien — qu'il pouvait réussir. Cassidy avait cru qu'ils réaliseraient leur rêve ensemble, mais Will l'avait laissée derrière lui pour gravir seul les marches vers le succès. Certes, elle l'avait laissé partir.

— Pourquoi est-ce si important, Cass ? répéta Will en avançant encore d'un pas vers elle.

— Notre dernière collaboration a été un fiasco. Tu te souviens aussi bien que moi à quel point cela a été dur.

— Oh, mon cœur, si tu savais... J'ai connu plusieurs échecs depuis. Ça fait partie des risques du métier.

« Mon cœur » ! Elle se redressa de toute sa taille, décidée à lui faire comprendre qu'elle estimait que ce genre de familiarité n'était désormais plus de mise entre eux, mais l'expression qu'elle lut dans ses yeux verts la fit renoncer.

— Mais toi, tu as réussi, Will, rétorqua-t-elle. Regarde autour de toi ! Moi, je suis institutrice. Non pas que j'en aie honte — c'est un métier formidable —, mais ce n'est pas l'accomplissement de mes rêves d'enfant. Je n'ai rien écrit depuis le dernier scénario que nous avons produit ensemble et le film a fait un bide. Quand je repense au déchaînement de la critique ! Je ne suis pas prête à revivre l'expérience et… Oh, voilà que je recommence à jacasser sans fin !

— Une vraie pie ! renchérit Will avec un sourire indulgent.

Un pas de plus et il fut dangereusement proche. Cassidy espérait autant qu'elle le redoutait qu'il la prendrait dans ses bras, car elle avait besoin de réconfort. Will se contenta cependant d'enfoncer les mains dans les poches de son jean. Que signifiait ce geste ? Que c'était à elle de faire le premier pas ? Il pouvait toujours attendre !

— Je te l'ai dit : en fait, le film a été un succès sur le long terme, lui rappela-t-il. Sinon, nous ne serions pas ici tous les deux. Il arrive parfois que la route vers le succès emprunte des voies détournées.

— Si ça ne te fait rien, je préférerais quand même éviter que les critiques piétinent mon amour-propre avec leurs godillots cloutés, cette fois-ci.

— Bienvenue à Hollywood !

Cassidy émit un petit rire, avant de replonger dans le regard affectueux dont il la couvait.

— Comment fais-tu ? demanda-t-elle.

— J'ai le cuir épais.

Avait-il lu dans son regard la vague de détresse qui avait envahi la jeune femme, ou avait-il deviné son état d'esprit, comme il savait le faire autrefois ? Toujours est-il qu'il sortit les mains de ses poches et franchit la faible distance qui les séparait encore.

— Viens ici, Malone, murmura-t-il en l'attirant dans ses bras.

Une sensation douce-amère se diffusa dans tout le corps de Cassidy tandis qu'elle appuyait sa joue contre le torse puissant de Will. Dans les bras qui l'encerclaient, elle avait l'impression d'avoir retrouvé son foyer après un interminable exil. Jusqu'à cet instant précis, elle n'avait pas réalisé à quel point cet homme lui avait manqué. Elle se grisa du parfum de sa peau, de l'odeur de linge propre qui émanait de son T-shirt. Quand il promena une main dans son dos d'un mouvement apaisant, elle faillit éclater en sanglots. Non pas parce qu'il venait de la prendre dans ses bras à un moment où elle en avait terriblement besoin, mais parce qu'elle reconnaissait enfin son Will. Et que la pensée qu'elle ne revivrait peut-être plus jamais un tel moment lui brisait le cœur.

— Tu te débrouilles très bien, Cass. Ne sois pas aussi dure envers toi-même. Ces dernières semaines, j'ai souvent oublié que cela faisait un bout de temps qu'on n'avait plus travaillé ensemble.

Cassidy avait retrouvé confiance en elle pour ce

qui était de ses capacités d'écriture, mais l'entendre de la bouche de Will lui mit du baume au cœur.

— Merci.

— Je t'en prie.

Percevant le sourire dans sa voix, elle sourit à son tour et reposa le menton au creux de l'épaule masculine. Puis elle prit une profonde inspiration et fit un pas en arrière.

— Si tu es capable de te cloîtrer encore quelques heures dans ce bureau, déclara-t-elle, alors moi aussi.

— Bien ! approuva-t-il en lui lançant un clin d'œil. Nous allons pouvoir reprendre le débat sur cette tenue d'odalisque que Rachel doit porter dans la scène du harem.

— Certainement pas ! protesta Cassidy en riant. Il est hors de question qu'elle fasse la danse des sept voiles pour Nick.

— Elle sera très sexy…

— Je ne sais pas, mais en tout cas, elle aura l'impression d'être une gourde.

— Très bien, concéda Will en gagnant le bureau. Nous allons jouer la scène et nous verrons bien ce que ça donne !

Cassidy éclata de rire. Elle n'avait pas l'intention de se prêter à ce petit exercice, mais elle se sentait soudain beaucoup plus détendue à l'idée de se remettre au travail.

L'équipe Ryan et Malone était au sommet de sa forme quand elle présenta pour la première fois son scénario devant un public.

La lecture devait avoir lieu dans les bureaux de Will et, bien qu'il ne s'agisse que d'un galop d'essai avant la véritable présentation aux producteurs, Cassidy se sentait terriblement nerveuse. Son état n'ayant visiblement pas échappé à Will, il fit en sorte d'entretenir une conversation légère durant tout le trajet entre Malibu et Los Angeles.

La sagacité de Will pour tout ce qui la concernait laissait cependant à la jeune femme une impression mitigée. Depuis qu'ils avaient conclu leur trêve, il se montrait agréablement prévenant, mais cette capacité qu'il avait à deviner ses inquiétudes et à devancer ses désirs, à laquelle s'ajoutait sa façon de flirter sans en avoir l'air, ne disait rien qui vaille à Cassidy. Ne risquait-elle pas de succomber à son charme ?

Un déclic se produisit néanmoins, une fois qu'ils se retrouvèrent dans la salle de réunion, entourés de quelques membres de l'équipe de Will, et que la lecture commença. Etait-ce parce qu'elle se laissa emporter dans le feu de l'action, oubliant l'espace d'une heure la réalité ? Ou parce qu'ils étaient redevenus Nick et Rachel et que leur auditoire semblait captivé par leurs aventures ? Sans doute un mélange de tout cela. Quoi qu'il en soit, ce fut un moment magique. Pour la première fois depuis son arrivée en Californie, Cassidy eut l'impression d'avoir retrouvé le Will d'autrefois.

Celui-ci riait sans retenue. Il lui lançait un sourire moqueur quand, au moment des scènes d'amour, elle accélérait la cadence en rougissant. Fidèle au scénario, il l'entraîna même dans un tango langoureux, la faisant ployer dans ses bras pour la figure finale. A la fin de la lecture, il la prit par la main pour exécuter avec elle une révérence, sous les rires et les applaudissements de l'assistance.

Ils passèrent l'heure suivante à discuter des détails pratiques avec l'équipe. Oubliant qu'elle se trouvait en compagnie d'inconnus, tous employés par Will de surcroît, Cassidy argumentait comme elle avait l'habitude de le faire quand ils étaient seuls.

Quand il eut distribué les tâches et que les collaborateurs eurent quitté la salle de réunion après avoir serré la main de Cassidy, Will s'adossa au montant de la porte.

— Tu essaies d'organiser une révolution au sein

de ma société de production, Malone ? demanda-t-il.

— Qu'est-ce que tu veux dire ?

— Tu n'as pas remarqué la tête qu'ils faisaient quand tu me contredisais ?

— J'ai effectivement vu qu'ils avaient l'air surpris chaque fois que tu me concédais un point. J'ai l'impression que ce n'est pas chose courante ici.

Will balaya du regard le vaste espace de bureau qui s'étendait au-delà des parois vitrées de la salle de conférence, comme un monarque contemplant son royaume.

— C'est exceptionnel, déclara-t-il, mais cela arrive tout de même.

S'appuyant contre le montant opposé, Cassidy le dévisagea avec une moue dubitative.

— Ça serait bien pour toi si ça se produisait plus souvent, fit-elle remarquer en souriant. Qui sait quels trésors de créativité sont enfouis sous la peur de te déplaire ? Tu devrais me remercier de leur avoir ouvert les yeux.

— Ou t'engager.

Avant qu'elle ait pu savoir s'il plaisantait, il se redressa et poursuivit :

— Viens, je voudrais te montrer quelque chose.

Elle s'attendait à tout, sauf à ce qu'il la conduise

dans une petite pièce remplie jusqu'au plafond de documents et de sacs de lettres. Quand il alluma la lumière et referma la porte derrière eux, elle ne chercha pas à masquer son étonnement.

— Ton service postal… C'est ça que tu tenais absolument à me montrer ?

— Prends une lettre au hasard, se contenta-t-il de répondre.

D'un regard excédé, elle lui fit comprendre qu'elle acceptait de se prêter à son caprice, mais uniquement pour lui faire plaisir. Fermant les yeux, elle fit tournoyer sa main en un geste délibérément théâtral, avant de s'emparer d'une enveloppe. Quand elle rouvrit les yeux, Will affichait un sourire rayonnant.

— Maintenant, lis-la, ordonna-t-il.

Détachant lentement son regard de son compagnon, elle baissa les yeux vers l'enveloppe, d'où elle extirpa la feuille de papier. Au fur et à mesure qu'elle lisait et comprenait de quoi il s'agissait, ses yeux s'écarquillaient. Levant la tête, elle examina plus attentivement les sacs de lettres qui emplissaient la pièce, avant de fixer Will. Ses yeux verts irradiaient à présent de douceur et sa voix basse résonnait au plus profond de son être.

— Prends-en une autre, commanda-t-il.

Elle obtempéra et à la lecture de la lettre qu'elle avait piochée, sa gorge se serra d'émotion.

— Continue, murmura Will.

Sa voix grave lui parut soudain très proche. Priant pour qu'il ne s'aperçoive pas à quel point elle était émue, elle leva lentement la tête pour chercher le regard de son compagnon.

— Tu veux dire que toutes ces lettres viennent de fans… de notre film ? balbutia-t-elle.

— Oui. Elles proviennent du monde entier.

Les yeux rivés aux siens, il continua :

— Entre eux, ils s'appellent les *Chasseurs de trésor*. Ça a commencé avec des forums sur internet, et maintenant ils ont un site officiel. Ils se réunissent régulièrement pour voir le film. Certains connaissent tous les dialogues par cœur et les récitent en même temps que les acteurs sur l'écran.

Luttant contre l'émotion qui la submergeait, Cassidy ne quittait plus Will des yeux.

— Je ne savais rien de tout cela, avoua-t-elle.

— C'est bien ce que je pensais. Le film a fini par devenir un mythe, ce que personne n'aurait pu prévoir. Alors, tu considères toujours que c'était un échec ?

Cassidy ne put que secouer la tête en signe de dénégation.

Sans cesser de sourire, Will tendit la main pour repousser une mèche des cheveux de Cassidy.

— Si le succès obtenu par notre petite présentation n'a pas suffi à stimuler ta confiance en toi, je pensais que peut-être cette pièce y parviendrait.

Incapable de prononcer un mot, la jeune femme se contenta de dévisager son interlocuteur. Lorsque le regard de Will se posa sur sa bouche, les battements de son cœur résonnèrent comme un tambour dans sa poitrine. Allait-il l'embrasser ?

Soudain, il laissa retomber la main et recula d'un pas.

— Je dois encore passer quelques coups de fil, déclara-t-il. Va prendre un café à la réception en m'attendant. Je viendrai te chercher quand j'aurai fini et nous rentrerons à la maison. Nous allons devoir intégrer au scénario les modifications dont nous avons parlé à la réunion.

Cassidy acquiesça d'un signe de tête et le regarda s'éloigner. Ce ne fut seulement lorsqu'il fut hors de vue qu'elle cessa de retenir les larmes qui lui picotaient les yeux. Plus que ses encouragements, sa prévenance ou les lettres qu'il venait de lui montrer, c'étaient les mots « à la maison » qui la bouleversaient.

Au fil des jours, en effet, elle avait insidieusement commencé à considérer la maison de Malibu comme son « chez-elle » et elle réalisait à présent qu'il lui faudrait une sacrée dose de courage pour repartir en Europe et quitter Will pour de bon. Elle était consciente qu'elle y laisserait encore plus d'elle-même que la première fois.

Lorsqu'ils revinrent à Malibu, en début de soirée, ils ne se remirent pas au travail sur-le-champ. Pour la première fois depuis l'arrivée de Cassidy en Californie, il pleuvait ; une averse qui alourdissait l'air plus qu'elle ne le rafraîchissait.

Ils s'installèrent dans un sofa devant la table basse du salon pour déguster la demi-douzaine de plats que Will avait commandés par téléphone à un traiteur marocain.

— Si tu me racontais un peu comment tu vis en Irlande ? suggéra Will quand ils attaquèrent le dessert.

Evitant le regard masculin, elle remua distraitement sa cuillère dans son pot de crème glacée.

— Pourquoi ?

— Je pensais que nous étions amis. Les amis n'ont pas de secrets l'un pour l'autre, crois-moi.

Pendant qu'elle pesait le pour et le contre, elle ne put se retenir de sourire quand elle surprit la lueur de défi qui brillait dans les yeux verts qui l'observaient. Will savait parfaitement que c'était la crainte de dévoiler ses émotions qui l'empêchait de répondre à sa question. Or lui-même avait pour principe de ne jamais évoquer ce qu'il éprouvait. Pourquoi serait-elle la seule à s'épancher ?

Pourtant, elle était heureuse que leurs rapports se soient détendus et, si elle hésitait, c'était avant tout parce qu'elle ne voulait pas briser le semblant d'harmonie qui régnait à présent entre eux.

Au bout d'un long moment, elle décida de se jeter à l'eau.

— Tu ne peux pas savoir à quel point je déteste cette situation. Ma vie va sembler terriblement ordinaire à côté de la tienne.

— Rien n'est moins sûr. La plupart du temps, ma vie est bien plus ordinaire que les gens ne se l'imaginent.

Devant sa mine faussement offusquée, Cassidy éclata d'un rire incrédule.

— Qu'appelles-tu « ordinaire », au juste ? rétorqua-t-elle. Fréquenter des stars ? Travailler dans l'industrie du cinéma ? Assister chaque année à la cérémonie des Oscars ? Vivre dans une maison de millionnaire sur la plage ?

Will avait écouté cette énumération en silence, tête baissée, mais quand il se redressa, il darda sur elle un regard intense et elle s'aperçut qu'il souriait de ce sourire hypnotique auquel elle était incapable de résister.

— C'est difficile à expliquer…, commença-t-il.

— Will, trouve une meilleure excuse ! Vas-y, cite-moi une chose ordinaire dans ta vie.

— En échange, tu m'en diras plus sur toi ?

— Si tu me révèles un aspect de ta vie qui soit d'une banalité totale, je te jure que je répondrai à tes questions.

Après un instant de réflexion, il déclara :

— Je n'ai pas de femme de ménage. C'est moi qui fais le ménage à la maison.

— Ça ne compte pas, objecta Cassidy. Tu es un maniaque du rangement.

Le goût excessif de Will pour un environnement bien ordonné l'avait d'ailleurs toujours intriguée. Elle avait fini par mettre cette obsession sur le compte de son désir de contrôler toutes les facettes de son existence.

Le seul moment où il perdait cette sacro-sainte maîtrise, c'était dans la chambre à coucher. A l'époque, quand il lui faisait l'amour, elle ne doutait jamais des sentiments qu'il éprouvait pour elle. Tout comme il connaissait ceux qu'elle ressentait pour lui. Ils n'avaient aucun secret l'un pour l'autre et ne craignaient pas plus de dévoiler leurs émotions que leurs corps. Cassidy, pour sa part, n'avait plus jamais connu ce suprême abandon avec d'autres hommes. Cependant, il était hors de question de l'avouer à Will.

Celui-ci haussa les épaules et se pencha pour prendre une cuillerée de glace dans le pot qu'elle tenait.

— N'empêche que c'est une activité tout à fait ordinaire, rétorqua-t-il. Tout le monde fait le ménage.

— Moi, je m'arrange pour éviter de le faire, avoua-t-elle en éclatant de rire.

Will lui lança un sourire moqueur.

— Je m'en doutais, répondit-il. Mais maintenant que j'ai rempli ma part du marché, à ton tour ! Parle-moi un peu de ta vie « ordinaire ».

— Pendant l'année scolaire, j'enseigne dans une école primaire, déclara-t-elle. L'été, je travaille dans des centres aérés. Sauf cette année, bien sûr… J'ai un appartement, des amis enseignants comme moi, avec lesquels je vais au restaurant ou au cinéma. J'ai eu un chat, mais…

— Que lui est-il arrivé ?

— Il devait déjà être centenaire quand je l'ai recueilli. Je ne l'ai pas gardé longtemps.

— Tu n'en as pas repris un autre ?

— Non. Après la mort de mon père, je me sentais incapable de supporter la perte d'un autre être cher. J'ai pleuré sur ce chat pendant des semaines.

Devant le silence de Will, elle leva la tête et lui lança un regard en coin de derrière la mèche de cheveux qui masquait partiellement son visage. Il l'observait avec une expression intense.

— Merci pour la carte et les fleurs, ajouta-t-elle. Ça m'a fait un bien fou.

— J'ai reçu ton petit mot. Tu n'as pas besoin de me remercier encore.

— Mes souvenirs de cette époque sont un peu flous.

— C'est le chagrin. C'est normal. Et puis, tu devais t'occuper de régler les affaires de ton père. Mais, au moins, tu pouvais compter sur ta famille.

— Oui.

Contrairement à lui, qui s'était retrouvé seul au monde à huit ans, à la mort de sa mère... Cette pensée brisait le cœur de Cassidy chaque fois.

— Tu aurais pu m'appeler si tu avais besoin de moi, tu sais, reprit-il.

Oui, elle le savait, même s'il ne l'avait pas dit dans sa carte.

— Ce n'était pas si facile.

Will poussa un profond soupir, puis il saisit la télécommande posée sur la table.

— J'ai décidé que ce soir, on ferait relâche, déclara-t-il. Choisis un film.

— Je pensais que tu voulais qu'on en finisse avec le scénario.

— On a le temps. Allez, choisis un film.

Calant le pot de glace entre ses genoux, Cassidy lui prit la télécommande et posa le dos de sa main sur le front de Will.

— Tu as de la fièvre ? demanda-t-elle.

— Tu n'es pas capable de passer une soirée avec moi sans rien faire ? demanda-t-il en lui retirant la main.

— Si !

Sa réponse avait fusé, mais à présent, elle se sentait rougir, ne pouvant s'empêcher de penser à la façon dont ces soirées dans le canapé « sans rien faire » se terminaient jadis.

— Prouve-le-moi : choisis un film.

Levant le menton, elle le toisa d'un regard dédaigneux.

— Tu vas le regretter ! déclara-t-elle en ramenant les jambes sous elle.

Puis elle pointa la télécommande vers l'immense écran plat. Will ôta ses chaussures et allongea les jambes sur la table basse. Puis il se cala confortablement contre les coussins, tandis qu'elle faisait défiler les chaînes.

— Parce que ce soir, c'est une soirée spéciale « film de filles », conclut-elle avec satisfaction.

*
* *

Quand le générique de fin commença à défiler sur l'écran, Cassidy tourna la tête vers Will. Celui-ci était plongé dans un profond sommeil, le visage tourné vers elle. Il était superbe. Des mèches rebelles de sa chevelure sombre retombaient en désordre sur son front. De ses lèvres pleines légèrement entrouvertes sortait un souffle régulier et profond. Pendant un long moment, elle le contempla, gravant chaque détail dans sa mémoire. Puis, cédant à la tentation, elle tendit la main et repoussa une mèche de son front.

— Will ? murmura-t-elle.

Elle avait l'impression qu'en parlant plus fort, elle romprait la magie du moment. Mais voyant qu'il ne réagissait pas, elle éleva un peu la voix.

— Will ?

— Hmm…

Comme elle l'avait fait des centaines de fois par le passé, elle le regarda émerger lentement du sommeil. Et comme chaque fois, elle ne se lassa pas de ce spectacle.

— Cass ?

Les cils épais clignèrent quelques secondes, puis, encore à moitié endormi, il tendit la main et lui caressa la joue.

— Cass…

Cassidy se figea tandis qu'il avançait son visage vers elle. Qu'est-ce que… ? Non ! Il n'allait pas… Il n'était pas en train de… Si, il était en train de l'embrasser. Ce n'était pas prévu dans le scénario ! Pire que ça : il l'embrassait et c'était…

Merveilleux…

Avec une facilité déconcertante, elle s'abandonna au baiser très doux de Will. Sous la caresse tendre de ses lèvres, les secondes s'égrenèrent au ralenti, alors que le cœur de Cassidy battait à tout rompre. Rien ne lui avait jamais semblé aussi évident, aussi juste. Seigneur, elle ne pouvait retomber amoureuse de cet homme ! A moins qu'elle n'ait jamais cessé de l'aimer…

Que lui arrivait-il ? Avait-elle perdu la tête ? Pourquoi répondait-elle à son baiser comme si elle avait oublié que cet homme lui avait brisé le cœur ? Un gémissement de plaisir se forma au fond de sa gorge. Prise de panique à l'idée que Will pourrait s'apercevoir qu'elle était sur le point de le supplier de lui faire l'amour, elle parvint à l'étouffer.

Dans un sursaut de lucidité, elle s'arracha aux lèvres de Will. Haletante, elle le vit ouvrir les yeux. Son souffle chaud effleurait ses joues en feu. Il la fixa quelques instants, puis fronça les sourcils.

7.

Atterrée par la rapidité avec laquelle elle avait succombé, Cassidy ne voulait à aucun prix que Will fasse la moindre allusion à ce qui venait de se passer.

— Tu t'es endormi, s'empressa-t-elle de faire remarquer.

Devant l'air stupéfait de son compagnon, elle ajouta :

— Ça devait être un sacré rêve.

— En effet, acquiesça-t-il d'une voix rauque.

Bien qu'il lui en coûtât, elle parvint à afficher un petit sourire. Les paupières mi-closes, Will continuait de la dévisager comme s'il la soupçonnait de lui cacher quelque chose. Toutefois, avant qu'il puisse pousser plus loin ses investigations, elle se leva et se mit à empiler les plats.

— Je vais ranger tout ça dans la cuisine, tu peux aller te coucher, déclara-t-elle. Qui sait, peut-être que tu pourras poursuivre ton rêve ?

Elle venait de mettre les plats dans l'égouttoir quand elle sentit deux mains se poser sur ses épaules.

— En général, tu fuis les tâches ménagères, lui rappela Will en la faisant pivoter sur elle-même. Qu'est-ce qui t'arrive ?

Tandis qu'il parlait, il remonta la main le long du cou de la jeune femme pour la plonger dans sa chevelure et, du pouce, lui caressa doucement la joue.

Le souffle court, Cassidy leva lentement la main et retira celle de Will.

— Si tu m'embrasses, je ne pourrai plus réfléchir clairement.

L'éclair qui illumina le regard de Will indiqua à la jeune femme à quel point cet aveu avait touché son interlocuteur, qui laissa cependant retomber ses bras le long de son corps et secoua la tête.

— Je sais que tu as peur, déclara-t-il.

Au son de la voix grave, Cassidy sentit un frisson lui parcourir le dos.

— Non, je n'ai pas peur, protesta-t-elle en relevant le menton.

Pendant quelques secondes, ils se défièrent du regard. Enfin, Cassidy pencha la tête de côté et lui rendit son sourire narquois.

— Je suis circonspecte, c'est tout.

— Pas mal trouvé.

— J'en ai d'autres en réserve.

— Je n'en doute pas.

— « Prudente » ferait également l'affaire. Ou alors « méfiante »…

— Ce dernier adjectif ne me plaît pas trop.

Cassidy se mordilla la lèvre. S'apercevant que Will suivait sa mimique, elle la regretta aussitôt. Quand il leva les yeux et que leurs regards se croisèrent, les pensées les plus incohérentes s'entrechoquèrent dans l'esprit de la jeune femme. Elle n'en revenait pas qu'il possède toujours ce pouvoir sur elle. Les mots qu'il prononça alors achevèrent de la déstabiliser.

— Moi aussi, je suis circonspect.

Incapable de parler, elle continua de le fixer intensément. La capacité qu'avait Will à lire en elle était intacte, car il répondit à la question muette que posait le regard éloquent :

— Tu sais, j'étais conscient de ce que je faisais quand je t'ai embrassée, déclara-t-il.

Décidément, il était bien plus courageux qu'elle ! Et avec quelle tendresse il lui avait fait cet aveu ! Elle songea qu'elle se devait de lui rendre la pareille.

— Vraiment ? chuchota-t-elle.

— Oui. Je n'ai pas cessé d'y penser depuis le jour où nous avons répété cette scène entre Nick et

Rachel. Il faut avouer que notre entente a toujours été parfaite sur ce plan-là, n'est-ce pas, Cass ?

— C'est vrai.

Will posa les mains sur le comptoir, l'emprisonnant entre ses bras, avant de s'incliner vers elle.

— Tu as réagi à mon baiser.

— Je sais.

Son cœur battait si vite qu'elle crut qu'il allait exploser.

— Je suis prêt à parier que je pourrais t'en soutirer un autre.

— Probablement. Mais tu sais aussi bien que moi que cela ne servirait à rien.

— Pourquoi ?

— Parce que… ce n'est pas comme si nous allions finir par… tu sais bien…

Une lueur inquiétante dansa dans les prunelles de jade qui la regardaient se débattre dans ses explications.

— Ah bon ? C'était pourtant comme ça que ça finissait, avant.

— Mais plus maintenant.

Elle essaya de se dégager des bras qui la maintenaient prisonnière, mais sa tentative eut l'effet inverse de celui qu'elle recherchait. Chaque mouvement lui faisait davantage prendre conscience de la présence toute proche du corps de Will contre le sien. Son trouble monta d'un cran quand ce dernier lui encercla les poignets, puis lui maintint les mains derrière le dos d'une poigne de fer, avant de l'attirer contre lui.

— Qu'est-ce qui te prend ? souffla-t-elle.

Un de ses sourires irrésistibles étira les lèvres de Will tandis que ses yeux s'assombrissaient comme l'océan avant la tempête. Il la plaqua contre le comptoir.

— Ne t'inquiète pas, murmura-t-il d'une voix dangereusement suave. Je ne vais pas t'embrasser. Je veux juste voir comment tu réagis quand je te touche.

— Je t'interdis… !

Sans se soucier de ses protestations, il lui effleura le ventre d'une caresse légère, puis il murmura :

— Dis-moi que tu n'as pas envie de moi, Cass.

— Je n'ai pas envie de toi.

— Menteuse !

La main de Will remonta le long du ventre de Cassidy, provoquant un frémissement langoureux dans tout son corps. Alors les yeux verts glissèrent vers la poitrine dressée, qui se soulevait au rythme d'une respiration saccadée, et un sourire de satisfaction se peignit sur les lèvres de Will. Cassidy cherchait désespérément une échappatoire à la délicieuse torture que lui infligeait son compagnon lorsqu'elle sentit qu'il glissait la main vers son aisselle. Un gloussement involontaire lui échappa.

— Je constate que tu es toujours aussi chatouilleuse, lui murmura-t-il à l'oreille.

Malgré ses genoux qui fléchissaient, elle eut la force de secouer la tête en guise de dénégation. Will répéta son geste et son rire moqueur se mêla au gloussement nerveux de Cassidy.

— Quand donc admettras-tu que tu ne peux pas me mentir, Cass ? Tu n'as jamais pu. Tu me désires, tout comme je te désire.

Il lui parsema alors le cou de petits baisers incroyablement doux, s'attardant à l'endroit sensible derrière l'oreille.

— Nous étions si bien ensemble ! chuchota-t-il. Je me souviens des week-ends entiers que nous passions au lit…

Quand ses lèvres lui parcoururent les épaules, la jeune femme rejeta instinctivement la tête en arrière. Au bout de quelques secondes, Will se redressa et appuya sa joue contre celle de Cassidy pour lui murmurer :

— Mais je ne vais pas te forcer, Cass. Je veux que tu viennes à moi de ton plein gré. Ainsi tu ne pourras pas me faire porter le chapeau, cette fois-ci.

Il n'avait pas ajouté « quand nous nous séparerons », mais Cassidy savait lire entre les lignes. De toute évidence, il n'envisageait pas que leur histoire puisse avoir un avenir. Se contenterait-il d'une brève aventure ? Elle-même n'était pas sûre d'en être capable. Pas avec Will.

Libérant ses mains qu'il tenait prisonnières, il fit un pas en arrière.

— Réfléchis, Cass. Mais ne te fais pas d'illusions : ce qui existe entre nous n'est pas près de disparaître.

Pensait-il qu'elle l'ignorait ? Elle craignait d'ailleurs tellement de céder à l'irrésistible attirance qui la poussait vers lui qu'elle s'enfuit aussitôt. A toutes jambes, elle gravit les escaliers et vola le long de la galerie. Ce ne fut qu'une fois arrivée à la porte de sa chambre qu'elle s'arrêta pour jeter un regard en arrière. Debout devant la baie vitrée, Will lui tournait le dos. Il contemplait le reflet de la lune sur l'océan et la tension qui émanait du corps masculin parvenait à la jeune femme malgré la distance qui les séparait.

*
* *

Cassidy poussa un soupir d'exaspération : cet homme finirait par la rendre folle. Elle ne comptait plus le nombre de fois où, depuis le matin, son regard s'était posé sur Will, comme mû par une volonté propre. Chaque fois que cela se produisait, c'était pour découvrir qu'il la fixait avec son insupportable sourire entendu. Le calme olympien qu'il affichait la rendait d'autant plus furieuse qu'elle n'avait pratiquement pas réussi à fermer l'œil depuis trois nuits.

Elle s'obligea à fixer de nouveau l'écran de son ordinateur. Quand donc parviendrait-elle enfin à lire — et surtout à comprendre — un paragraphe entier de ce maudit scénario ? Le grincement de la chaise de Will l'informa que celui-ci s'apprêtait à se lever. Ce bruit aussi allait finir par la rendre folle.

— La *chaise* ! marmonna-t-elle.

— Qu'est-ce que tu dis ?

— Tu ne pourrais pas huiler cette satanée chaise ? Ce grincement est insupportable.

Ignorant la remarque, il repoussa sa chaise pour se lever.

— Je vais me préparer un sandwich, déclara-t-il. Tu en veux un ?

— Il n'est que 11 h 30. C'est un peu tôt pour déjeuner, tu ne penses pas ?

— J'avais l'intention de te préparer une petite surprise, mais je suppose que ça ne t'intéresse pas…

Cassidy grinça des dents. Les attentions délicates qu'il avait pour elle constituaient une véritable torture et lui mettaient les nerfs à vif. Si seulement cet homme n'était pas aussi séduisant ! Elle ne pouvait toutefois lui reprocher de geste déplacé, car, depuis la scène dans la cuisine, il se contentait de lui écarter les cheveux du visage de temps en temps. Il ne se privait pas, en revanche, de lui adresser des sourires ravageurs qui la laissaient chaque fois désemparée devant les réactions qu'ils provoquaient en elle.

— Je n'aime pas les surprises, rétorqua-t-elle d'un ton boudeur.

— En fait, tu n'aimes pas les surprises auxquelles tu n'as pas été préparée, nuança-t-il. Nous en avons souvent parlé autrefois.

Il contourna le bureau et vint se placer à côté d'elle. Appuyant une main sur la surface vitrée, il posa l'autre sur le dossier du fauteuil dans lequel était assise la jeune femme et la fit pivoter de façon à lui faire face.

— Quelle surprise veux-tu que je te prépare ? demanda-t-il.

Cassidy leva un regard furieux vers lui, qui

se radoucit cependant quand elle rencontra son sourire.

— Je vois clair dans ton jeu, Ryan…

— Quel jeu ?

— Tu essaies de m'avoir à l'usure, répliqua-t-elle, avant de se pencher vers lui. Comme ça, si je cède, on aura l'impression que c'est moi qui ai pris la décision. Alors qu'en fait, tu m'auras poussée à bout.

— J'ai compris. Je vais donc arrêter « ça », comme tu dis.

— Par la même occasion, tu peux aussi arrêter de te plier en quatre pour moi. Tant de gentillesse me tape sur les nerfs, sans compter que ça me rend soupçonneuse. Tu le sais.

Malgré la véhémence de son discours, quand elle leva les yeux vers lui, elle ne put s'empêcher de lui rendre son sourire. Elle n'en revenait pas qu'une tactique aussi peu subtile lui fasse autant d'effet, mais le résultat était là : son cœur battait la chamade le matin au réveil, dès qu'elle songeait qu'elle allait bientôt voir Will. Et chaque fois qu'il ne la regardait pas, elle se mettait à sourire bêtement !

Au début, lorsqu'il quittait le bureau, elle était soulagée, mais petit à petit, elle se surprenait à compter les minutes où il restait absent. Cette attitude était vraiment pathétique !

— Il n'y a presque plus rien à manger, s'écria Will de la cuisine. Tu m'accompagnes au supermarché ? Ou préfères-tu rester ici, à te demander quels plans machiavéliques je suis en train de mettre au point ?

Cassidy poussa un soupir, avant de répondre sur le même ton :

— Je viens au supermarché.

Ils avaient parcouru la moitié de l'immense magasin quand Will fit ce que Cassidy espérait inconsciemment depuis des jours. Tendant un bras vers elle, il lui entoura la taille et l'attira contre lui pour déposer un baiser sur ses lèvres.

— En quel honneur… ? demanda-t-elle quand il relâcha son étreinte.

— Tu boudais.

— Absolument pas !

— C'était plutôt mignon, en fait.

— Seigneur ! s'exclama-t-elle en se laissant aller contre lui. Tu m'achèves !

Will éclata de rire et l'écarta pour choisir des avocats.

— Moi, quand tu m'as accusé d'être beau gosse, je l'ai pris comme un compliment, lui rappela-t-il.

— Ce qui prouve que je ne suis pas aussi imbue de ma personne que toi.

Elle croisa les bras et le fixa dans les yeux pour poursuivre :

— Pour ta gouverne, une femme cesse d'être « mignonne » quand elle cesse de porter des nattes. Je ne veux pas non plus t'entendre dire que j'ai un joli visage. Ça voudrait dire que tu me trouves grosse.

— Je ne te trouve pas grosse, rétorqua-t-il en poussant le chariot le long des rayons. Et d'où te vient cette obsession sur ton physique ? Il ne me semble pas que tu faisais autant d'histoires autrefois.

« Je pesais dix kilos de moins, voilà pourquoi je ne m'en préoccupais pas », s'abstint-elle de répondre. Elle devait admettre cependant que, depuis qu'elle goûtait la cuisine de Will — essentiellement à base de fruits et de légumes frais et de produits sains —, sa taille avait retrouvé sa finesse. Mais quand même…

Will s'arrêta, le temps pour elle de le rattraper.

— C'est pour ça que tu repousses l'inévitable ? demanda-t-il.

— « L'inévitable » ? s'exclama Cassidy, étonnée. Ton ego est vraiment surdimensionné !

— Là n'est pas la question, Cass, et tu le sais. J'espère que ça n'a rien à voir avec l'idée que tu te fais de ton physique. Tu me décevrais beaucoup.

Voyant qu'il s'avançait d'un pas, elle recula d'autant. Pour tout résultat, elle se retrouva acculée contre l'étal des pommes de terre. Le regard de Will brillait de malice.

— Tu n'as qu'un mot à dire et je te montrerai à quel point j'apprécie tes rondeurs.

— Tu es incroyable !

Il lui vola un autre baiser, avant de la libérer.

— Je te signale qu'il faut être deux pour flirter, déclara-t-il.

Décidément, l'arrogance de Will ne connaissait pas de bornes ! D'un geste rageur, elle choisit des patates douces et en remplit un sac en plastique.

— Tu prétends que nous sommes en train de flirter ?

— Non, répondit-il avec un clin d'œil appuyé. Nous en sommes déjà aux préliminaires.

Cassidy leva les yeux au ciel, mais Will ne se laissa pas impressionner. Un sourire irrésistible aux lèvres, il glissa la main sous la masse des cheveux de la jeune femme. Instinctivement, elle inclina la tête pour accueillir sa caresse. Les yeux verts, qui s'assombrirent de désir devant ce geste spontané de soumission, étaient aussi aphrodisiaques que la sensation de la main masculine qui lui brûlait la peau. Cassidy avait beau lutter, Will Ryan avait un don pour lui donner l'impression qu'elle était la femme la plus attirante de la terre.

Glissant les doigts dans l'échancrure du chemisier qu'elle portait, il effleura la naissance de sa gorge, où battait son pouls. Puis il se pencha vers elle jusqu'à ce que leurs fronts se touchent et murmura de sa voix sensuelle :

— Accompagne-moi à une première, vendredi. C'est au Grauman's Chinese Theatre.

Sous le coup de la surprise, elle rejeta la tête en arrière pour le dévisager.

— Une première ? Toi et moi ? Avec robe de soirée, tapis rouge, stars et tout le tralala ?

Après avoir acquiescé d'un hochement de tête, il lui prit la main et se remit en marche.

— Oui, tout le tralala.

La pensée qu'elle jouait avec le feu doucha soudain l'enthousiasme de Cassidy. Leur relation était déjà assez complexe sans y ajouter une sortie « officielle ». Son esprit fonctionnant soudain à plein régime chercha un prétexte pour se dérober.

— Mais je n'ai rien à me mettre.

— On peut facilement y remédier.

— Je ne pense pas…

Réalisant seulement à cet instant qu'il la tenait par la main, elle resta sans voix.

— Parfait, déclara Will. Généralement, quand tu penses, tu ne fais que rendre les choses plus compliquées. Ce n'est qu'une soirée au cinéma, il n'y a pas de quoi en faire un plat.

Il la couva d'un regard plein de tendresse, puis ajouta :

— Je suis persuadé que tu vas t'amuser.

— Will, je ne pense pas que ce soit une bonne idée.

— Pourquoi ?

— Parce que… Nous ne pouvons pas nous afficher en public comme un couple hollywoodien normal.

— Comme un « couple hollywoodien normal » ? Ça sonne comme un oxymore.

Devant tant d'incompréhension, elle se sentit perdre sérieusement ses moyens.

— Ça va donner une fausse impression. Les gens vont penser que… Ils vont se poser des questions. Et as-tu pensé aux photographes ? Tu sais comment ça se passe, les photos vont circuler sur internet et dans les magazines… Ce n'est pas comme si nous étions ensemble. Et les gens qui te connaissent… ils vont se demander qui je suis. Et quand ils découvriront que nous avons été ensemble il y a longtemps, ils s'imagineront tout un tas de choses, des choses fausses…

— Tu vois ? déclara Will en lui coupant la parole. Dès que tu te mets à réfléchir, tu embrouilles les situations les plus simples. Personne ne se posera de questions. Tant que je n'apparais pas au bras d'une actrice, ma vie n'intéresse pas la presse à scandale. Je suis auteur et producteur, pas star de cinéma.

— Will…, supplia-t-elle.

Lui prenant le visage entre les mains, il se pencha pour lui effleurer la bouche de ses lèvres, tout en lui murmurant des paroles apaisantes.

— Ne t'inquiète pas, Cass. C'est une sortie comme une autre. Il n'y a pas lieu de paniquer, tu as tout ton temps.

Cassidy résista de toutes ses forces à l'envie qui la prenait de s'abandonner dans les bras de Will et d'oublier tout le reste. La dernière fois, elle était sortie anéantie de l'expérience. Pourtant, elle savait au fond d'elle-même qu'elle appartenait inéluctablement à cet homme, depuis leur première nuit d'amour, quand elle lui avait offert ce qu'elle ne pourrait plus offrir à aucun autre.

« Tu as tout ton temps », avait-il murmuré, et ces paroles suggéraient qu'ils étaient en route pour autre chose qu'une simple aventure sans lendemain. Will n'avait jamais évoqué l'éventualité qu'elle reste en Californie une fois le scénario achevé. Une brève aventure serait pourtant une façon d'apporter à leur liaison passée la conclusion qu'elle n'avait jamais eue. Oui, ils méritaient bien cela, l'un comme l'autre. Et il était illusoire d'espérer davantage.

— Je vais demander à Angie de t'emmener faire du shopping pour trouver une robe. Je suis sûr qu'elle va adorer ça.

— Je vais y réfléchir, concéda-t-elle en poussant un soupir.

Quand il lui reprit la main et se remit en marche, elle lui jeta un regard en biais.

— Tiens, s'exclama soudain Will, quand on parle du loup… Voici justement Angie…

Dès qu'elle aperçut l'actrice, qui venait dans leur direction, Cassidy essaya de dégager sa main de celle de Will, mais il ne la laissa pas faire.

— Salut Angie ! lança-t-il. Pour une fois, tu tombes à pic… Nous avons besoin de ton aide.

Le regard d'Angelique se posa sur leurs mains jointes, avant de les dévisager l'un après l'autre d'un air intéressé.

— C'est vrai ?

Les efforts que faisait Cassidy pour se dégager de Will semblaient prodigieusement amuser Angie.

— J'ai l'impression que vous avez un problème, fit-elle remarquer.

Cassidy décida alors d'employer les grands moyens.

— Will ! s'écria-t-elle. Il y a un type bizarre qui tourne autour de ta voiture, là-bas !

Comme un seul homme, l'intéressé et son amie se tournèrent dans la direction qu'elle pointait du doigt, à travers la vitrine du magasin, et Will lui lâcha la main.

— Où ça ? demanda-t-il.

Cassidy éclata de rire et prit Angie par la taille.

— Vraiment, Will ! s'exclama-t-elle. C'est si facile de te faire marcher que ce n'est même plus amusant.

Quand les deux femmes s'éloignèrent, bras dessus, bras dessous, Angie confia à Cassidy, d'une voix suffisamment forte pour être entendue de Will :

— Il n'aurait jamais dû te laisser filer, mon amie. Tu es unique.

Esquissant un petit sourire, Cassidy se jeta à l'eau :

— Angie, j'ai besoin que tu m'aides à trouver une robe de soirée pour une première, vendredi soir. Je ne te le demanderais pas si…

— Ah ! C'est Will qui t'a invitée ?

— Oui.

— Tu veux dire : pour sortir ensemble ?

— Ce n'est pas si simple, avoua-t-elle en grimaçant.

Des clients du supermarché, qui avaient reconnu Angelique, s'étaient approchés des deux femmes et les prenaient discrètement en photo avec leur téléphone portable, mais Angie ne leur prêta aucune attention. Reculant d'un pas, elle détailla Cassidy de la tête aux pieds.

— J'ai ma petite idée, déclara-t-elle une fois son examen terminé. D'abord, je vais t'emmener chez mon coiffeur et mon maquilleur. Puis nous irons voir mon couturier. C'est le plus branché du moment. Avec toute la publicité que je lui ai faite en portant ses robes aux premières, il ne refusera pas de m'en prêter une. Il te faudra aussi des talons aiguilles — cela va sans dire — et enfin quelques cailloux qu'un bijoutier voudra bien nous confier.

— Oh non, Angie ! Ce n'est pas ce que je voulais dire…

Le plus célèbre sourcil d'Hollywood se leva et l'actrice toisa sa compagne d'un air étonné.

— Tu veux en mettre plein la vue à Will, oui ou non ?

— Euh…

— C'est bien ce que je pensais ! répliqua

Angelique en lui reprenant le bras. Rodeo Drive : nous voilà !

Un téléphone portable surgit alors comme par enchantement du sac d'Angie, qui passa quelques coups de fil rapides pour fixer des rendez-vous. Cassidy commençait à se laisser gagner par l'entrain de l'actrice.

Mais elle se figea soudain, lorsque, au détour d'une allée, elle aperçut Will en train de bavarder avec une superbe jeune femme brune, qui posait la main sur son torse. Quand le regard masculin rencontra le sien, Will ne tressaillit même pas.

— Je te vole Cass, lui lança Angie.

— Quand comptes-tu me la ramener ?

Il semblait avoir oublié la présence de son interlocutrice en face de lui, alors même que celle-ci avait encore la main posée sur lui !

— On verra bien, répliqua Angie en haussant les épaules.

Puis, après avoir toisé l'inconnue d'un regard dédaigneux, elle tourna les talons et agita la main en guise d'au revoir.

— A bientôt ! conclut-elle.

Et elle s'éloigna en entraînant Cassidy avec elle.

8.

Tout en s'étirant, afin de relâcher la tension de ses épaules, Cassidy se maudit d'avoir insisté pour qu'ils vérifient l'enchaînement des scènes dès son retour du marathon d'essayages programmé par Angie. Assis à même le parquet, ils travaillaient d'arrache-pied au milieu des fiches disposées autour d'eux.

Contrairement à ce qu'elle avait espéré, toutefois, cette tâche ne parvenait pas à apaiser sa curiosité. Ajouté à la frustration qu'elle ressentait du fait de ne pouvoir interroger Will de but en blanc sur la jeune femme brune du supermarché, il n'y avait rien d'étonnant à ce que ses nerfs soient à vif.

— Tu as quelque chose à me demander ? interrogea Will sans lever les yeux de la feuille qu'il lisait.

— Moi ? Non !

Elle lutta encore quelques secondes contre la

voix de la raison qui lui soufflait de tenir sa langue, mais la curiosité l'emporta.

— Pourquoi ? reprit-elle. Aurais-tu quelque chose à me dire ?

— Si tu veux me poser des questions sur Diana, vas-y. Ça ne te ressemble pas de tourner autour du pot.

Haussant les épaules, elle fouilla parmi la pile de papiers qu'elle avait devant elle pour se donner une contenance.

— Tu es jalouse ? demanda encore Will.

— Jalouse ? Pas du tout ! Tu peux faire ce que tu veux de ton temps libre, ce sont tes affaires.

En un clin d'œil, il lui attrapa le poignet et elle eut beau tenter de se libérer, il ne lâcha pas prise.

— Il n'y a rien entre Diana et moi, murmura-t-il enfin de sa voix grave. Tu n'as pas à t'inquiéter.

Pourquoi diable voulait-il qu'elle s'inquiète ? Elle ne pouvait cependant nier qu'elle se sentait soulagée.

— Ta vie sexuelle ne me concerne pas…

Quelle cruche ! Elle venait de prononcer le mot interdit ! Machinalement, elle leva les yeux vers Will et le regard brûlant qu'elle rencontra lui causa un choc. Sans cesser de la fixer, il commença à caresser du pouce le creux de son poignet à l'endroit où battait son pouls. Cassidy dut faire un effort surhumain pour ne pas soupirer. Dans quel guêpier s'était-elle fourrée ?

— Lâche-moi, déclara-t-elle.

— Cass, regarde-moi.

Malgré elle, Cassidy obéit à l'injonction de cette voix veloutée et le regretta aussitôt.

— Je ne suis pas jalouse. Maintenant lâche-moi la main.

— Je n'en ai pas envie.

Sous la caresse langoureuse du pouce sur son poignet, elle sentit une douce chaleur se diffuser dans ses veines. Elle était bien décidée, néanmoins, à ne pas succomber à la promesse du sourire ensorceleur dont il la couvait.

— J'ai pris ma décision, déclara-t-elle. Il ne se passera rien entre nous.

Pour toute réponse, il battit des paupières. Il avait décidément les plus beaux cils du monde.

— D'accord, admit-elle. J'avoue que, tout au fond de moi, j'éprouve un semblant d'attirance pour toi. Mais ce n'est pas pour autant que je vais coucher avec toi.

Du poignet, le pouce de Will descendit jusqu'à la paume de Cassidy, où il traça de petits cercles. Quand il fixa sa bouche, elle passa machinalement la langue sur ses lèvres. Comme si elle s'apprêtait à se laisser embrasser… Elle vit alors la pomme d'Adam de Will monter et redescendre, tandis que son torse se soulevait de façon irrégulière. Avait-il autant de mal à respirer qu'elle-même ? Quand il replongea le regard dans celui de la jeune femme, la force du désir qui transparaissait dans ses prunelles assombries la frappa comme la foudre.

Lutter contre son propre désir était déjà assez difficile sans que vienne s'y ajouter celui de Will. Pourtant, elle savait qu'elle devait résister, car elle ne se remettrait pas d'une nouvelle rupture.

Son appréhension devait se lire dans ses yeux, car Will lui relâcha brutalement le poignet. Cassidy retira aussitôt son bras.

Quand il reprit la parole, sa voix grave avait une intonation qu'elle ne lui connaissait pas. De toute évidence, l'échange muet qui venait de se dérouler entre eux l'avait autant bouleversé qu'elle et il avait décidé de changer de sujet.

— Comment s'est passé le shopping avec Angie ?

— Je pense que je ne devrais pas t'accompagner vendredi.

— Tu n'as pas trouvé de robe ?

— Si. Ça n'a rien à voir avec ça.

Elle n'ajouta pas que c'était la plus merveilleuse robe qu'elle ait jamais vue. A quoi bon, puisque de toute façon elle ne la porterait sans doute jamais ?

— Dans ce cas, quel est le problème ?

Cassidy s'apprêta à se lever.

— J'ai changé d'avis, affirma-t-elle.

Will la suivit du regard, tandis qu'elle se redressait.

— Beaucoup de choses ont changé, fit-il remarquer.

Cassidy s'immobilisa. Abaissant les yeux, elle sentit renaître la tension qui avait vibré entre eux lorsqu'il lui caressait la main, quelques minutes plus tôt.

— Je sais, répliqua-t-elle, fermement décidée à s'en tenir là. Je vais faire du café.

— Cass ? entendit-elle dans son dos alors qu'elle approchait de la porte.

— Oui ?

Elle se retourna et Will la contempla durant d'interminables secondes, avant de déclarer :

— Diana cherche depuis des mois à obtenir un rôle dans un film que je produis. Il ne s'est jamais rien passé entre nous.

— Je t'ai déjà dit que ta vie privée ne me regardait pas.

— D'accord. Mais maintenant, tu sais.

Elle s'apprêtait à quitter la pièce quand il l'arrêta de nouveau.

— Cass ?

— Quoi encore ?

— Ne t'avise pas de faire la cuisine chez moi. Nous allons commander une pizza. Cela réduira les risques d'incendie.

— C'est malin ! rétorqua-t-elle, esquissant un sourire malgré elle. Au lieu de dire des bêtises, tu ferais mieux de te remettre au travail, Ryan.

Un sourire flottait toujours sur ses lèvres quand elle pénétra dans la cuisine, le cœur léger. Alors, elle s'aperçut que c'était l'attitude de Will qui l'avait mise dans cet état. S'il avait le pouvoir de l'exaspérer, il avait aussi celui de la rendre euphorique, comme en ce moment. En fait, la vie avec lui ressemblait à un tour de montagnes russes.

Chaque fois qu'elle posait les yeux sur lui, le charme qui émanait de lui la subjuguait et une part d'elle-même mourait d'envie de lui rendre la pareille, ne serait-ce que pour connaître cette sensation de toute-puissance. Durant l'après-midi, alors qu'elle arpentait les boutiques avec Angie, elle s'était plu à jouer avec l'idée de devenir une autre femme pour un soir. Une femme qui aurait le pouvoir de séduire un homme comme Will Ryan au-delà d'une aventure sans lendemain. Une femme qu'il serait ensuite incapable de quitter.

En un éclair, sa décision fut prise. De crainte de se raviser au dernier moment, elle retourna aussitôt dans le bureau. Lorsqu'elle apparut dans l'encadrement de la porte, Will leva la tête des feuillets qu'il lisait.

— Pour vendredi…, déclara-t-elle, c'est bon, je t'accompagnerai. Mais à condition qu'il ne se passe rien entre nous.

— Ce sera juste une sortie au cinéma… en tenue de gala, approuva-t-il. Je suppose qu'Angie t'accaparera toute la journée, je propose donc qu'on se retrouve au bar du Beverly Wilshire à 19 heures.

— Entendu.

Un sourire de satisfaction se peignit sur les lèvres de Cassidy, qui ne s'attendait pas à la flèche que Will lui décocha, comme par inadvertance :

— Ça te permettra d'avoir un aperçu du côté glamour d'Hollywood avant de repartir en Irlande.

L'absence d'émotion qu'elle perçut dans la voix masculine confirma ses soupçons. Ce que Will avait en tête quand il flirtait avec elle, c'était une aventure sans lendemain. Voilà en quoi il différait fondamentalement du Will qu'elle avait connu autrefois. Et voilà pourquoi elle ne céderait pas au désir qu'il lui inspirait.

Sa détermination à lui causer le choc de sa vie n'en fut que renforcée. Elle allait lui montrer ce à quoi il renonçait. Et ensuite, ce serait elle qui partirait sans un regard en arrière.

A la fin de la journée suivante, Cassidy se demandait comment l'élite hollywoodienne parvenait à produire quoi que ce soit, quand huit heures se révélaient nécessaires pour se préparer à une première.

Depuis le matin, elle avait été massée, épilée, maquillée. Sa chevelure était passée entre les mains expertes d'un coloriste, puis d'un coiffeur, et elle lui retombait à présent sur les épaules en de superbes boucles savamment arrangées. Elle avait été examinée sous toutes les coutures. Elle s'était entraînée à marcher sur des talons aiguilles, ce qui n'avait rien à voir avec la technique élémentaire de la marche telle qu'elle la maîtrisait depuis une trentaine d'années. Jamais elle n'avait soupçonné que la beauté requérait autant de patience.

Mais pas une fois, durant tout ce temps, on ne l'avait laissée approcher d'un miroir.

Quand elle revêtit enfin la magnifique robe vert

d'eau dont l'étoffe fluide épousait ses moindres mouvements, elle était sur le point de jeter l'éponge. Elle parvint cependant à rassembler assez de courage pour sortir de la cabine. Angie et son équipe l'accueillirent avec de larges sourires, comme des parents fiers de leur progéniture.

— Oh, Cassidy, tu es…, s'exclama Angie.

— En fait, j'hésite entre « bouleversante » et « sublime », approuva — avec un fort accent italien — le couturier qui avait dessiné la robe.

— Je peux me regarder dans une glace ?

— Pas avant que j'aie ajouté la touche finale, déclara Angie. Le tapis rouge appelle le diamant.

La jeune femme s'approcha d'elle, un écrin de velours à la main. Quand elle l'ouvrit, Cassidy ne put retenir un petit cri où l'effroi se mêlait à l'émerveillement.

— Je ne peux pas porter ça ! Et s'il lui arrivait quelque chose ?

— Les assurances sont faites pour ça. Pour le bijoutier, c'est de la publicité gratuite. Il suffit que les gens voient ces pièces sur une belle femme pour qu'ils aient envie de les acheter.

— Merci pour le compliment, Angie, mais je suis réaliste. Tout ce que je demande, c'est que tu me rendes un peu plus que jolie. Si tu y parviens, je t'adorerai jusqu'à la fin de mes jours.

— Dans ce cas, mets ces bijoux et apprête-toi à me vénérer pour l'éternité.

Les mains tremblantes, Cassidy saisit les pendants d'oreille, qu'elle fixa à chacun de ses lobes. Elle pouvait sentir la fraîcheur des pierres contre son cou et sa poitrine quand elle referma l'attache du collier. Un bracelet assorti complétait la parure.

— Combien valent ces merveilles ?

— Un peu moins d'un million de dollars, répondit Angie en haussant les épaules. C'est le solitaire qui orne ton décolleté qui vaut le plus cher. Dommage que personne ne puisse voir l'effet qu'il fera sur toi quand tu n'auras plus rien sur le dos…

Avant que Cassidy n'ait pu émettre le moindre commentaire sur cette dernière remarque, Angie recula d'un pas.

— Ferme les yeux, déclara-t-elle en la conduisant devant un miroir recouvert d'un drap blanc.

Cassidy obéit. Il y eut un bref silence, puis elle entendit le chuintement du tissu qu'on retirait et les battements de son cœur atteignirent un rythme presque insoutenable.

— Ouvre les yeux maintenant.

La jeune femme qui traversa le hall du Beverly Wilshire n'avait que très peu de choses en commun avec celle qui s'était évanouie sur le sol de marbre blanc, un peu moins d'un mois auparavant. Tandis qu'elle s'avançait, Cassidy sentait sur elle le regard appréciateur des hommes et ceux, curieux ou envieux, des femmes.

Elle avait envie de sourire à la terre entière. Décidément, elle adorait se retrouver dans la peau de cette version sophistiquée d'elle-même et elle n'était pas près d'oublier l'expérience. Quitte à réaliser son fantasme, autant le vivre jusqu'au bout. Avec une pensée émue pour son film préféré, elle alla s'asseoir sur l'un des hauts tabourets du bar, où elle commanda un cocktail.

Au bout de quelques minutes, elle vit apparaître Will. Celui-ci tenait parfaitement son rôle. Dans son smoking, il était encore plus séduisant que d'habitude. Toutefois, à la grande surprise de la jeune femme, ses yeux verts glissèrent sur elle sans s'arrêter. Vexée, elle prit une profonde inspiration, puis pivota sur son tabouret pour faire face à Will. Quand leurs regards se rencontrèrent, elle se dit que l'expression qu'avait son vis-à-vis en cet instant resterait à jamais gravée dans sa mémoire. Certes, elle avait vu son propre reflet dans le miroir et Angie lui avait confirmé qu'elle était belle. Mais ce fut la réaction de Will qui lui donna la certitude que c'était vrai.

Levant fièrement le menton, elle se laissa glisser du tabouret pour aller le rejoindre. Ses hauts talons donnaient à sa démarche une allure chaloupée qui faisait miroiter les reflets soyeux de sa robe longue.

Will cessa de la regarder dans les yeux, le temps de la détailler de la tête aux pieds.

— Bonsoir, murmura-t-elle en souriant.

— Bonsoir.

— On y va ?

Will acquiesça, mais sans esquisser le moindre mouvement. Cloué sur place, il continuait de la dévisager.

— Ça va ? s'enquit-elle.

— Une limousine nous attend devant la porte, l'informa-t-il d'une voix atone.

Cassidy se retint d'éclater de rire devant son air interloqué.

— Tu es sûr que ça va ?

— Je vais très bien.

Quand elle passa devant lui, elle nota toutefois qu'il serrait les mâchoires. Une fois assis à l'arrière de la limousine, il parut enfin recouvrer ses esprits. Il semblait fasciné par l'amoncellement de boucles savamment ramenées sur le sommet de sa tête, d'où s'échappaient quelques mèches qui venaient caresser sa nuque.

— On t'a changé ta couleur de cheveux, fit-il remarquer.

— Ça s'appelle un balayage.

Will poursuivit son examen et s'arrêta sur les pendants d'oreille.

— Qui t'a acheté ces bijoux ?

— C'est un prêt.

Avec un aplomb dont elle ne se serait pas crue capable, elle se pencha vers lui en redressant le buste.

— Le collier est une pure merveille, regarde.

Ce mouvement eut l'effet escompté. Will baissa son regard sur le décolleté plongeant, où le solitaire reposait dans l'ombre de ses seins. Elle le vit de nouveau froncer les sourcils, puis il releva brusquement les yeux. Aiguillonnée par la lueur de désapprobation qu'elle perçut dans son regard — et sans doute sous l'effet conjugué du cocktail et de sa langue bien pendue —, elle ne put s'empêcher de le provoquer.

— Angie dit que c'est dommage que personne ne puisse voir de quoi ce solitaire aura l'air quand j'aurai enlevé ma robe, et le reste…

Will prit une profonde inspiration.

— Jeune fille, murmura-t-il, tu es en train de jouer avec le feu…

Malgré le frisson d'excitation qui la parcourut, Cassidy ne baissa pas la tête.

— Vraiment ?

— Oui, et tu le sais parfaitement, affirma Will, avant de se rapprocher et d'ajouter, d'une voix plus grave : Je te conseille donc de mettre la sourdine, Cass, à moins que tu ne projettes de faire l'amour à l'arrière de cette limousine…

Une soudaine révélation frappa Cassidy comme un éclair.

— Tu es en colère ! s'exclama-t-elle. Qu'est-ce que tu me reproches ?

— A toi ? Rien. J'en veux à Angie et à ses complices.

La merveilleuse assurance qui habitait Cassidy depuis quelques heures s'ébranla.

— J'ai compris, marmonna-t-elle en se tournant vers la vitre.

Will lui saisit le menton pour l'obliger à lui refaire face.

— Tu n'as rien compris du tout.

Une douleur lancinante lacérait à présent le cœur de Cassidy.

— Dans ce cas, explique-toi, chuchota-t-elle.

A l'expression de son compagnon, elle crut qu'il allait exploser. Il se pencha brusquement vers l'Interphone et ordonna au chauffeur de s'arrêter.

Quand la limousine fut garée le long du trottoir, il sortit avec précipitation. Cassidy l'imita, prenant garde à ne pas abîmer sa robe haute couture, et le rejoignit sur le trottoir, où il s'était mis à faire les cent pas comme un lion en cage.

Quand il la vit près de lui, il lui lança un regard sombre et se passa la main dans les cheveux.

— Retourne dans la voiture. J'en ai pour une minute.

— Il n'en est pas question, riposta-t-elle en croisant les bras pour ne pas trembler. Dis-moi ce qui se passe.

— Non. Laisse-moi une minute et ensuite, nous irons à cette première. Sinon, nous allons être en retard.

— Tu peux aller à ta première si ça te chante, mais ne compte pas sur moi ! Je rentre à la maison. Si tu estimes que ma tenue est inappropriée, je n'ai pas l'intention de me ridiculiser.

Elle savait parfaitement qu'elle ne risquait pas le ridicule. N'avait-elle pas bénéficié de la meilleure conseillère qui soit en la personne d'Angelique Warden ? Et à en juger par le juron que poussa Will, lui aussi le savait.

— Ça n'a rien à voir avec ta tenue !

— Qu'est-ce qu'il y a, alors ? insista-t-elle en se rapprochant de lui. Je n'ai jamais su lire dans tes pensées comme tu lis dans les miennes. Eclaire-moi.

— Tu ne peux pas comprendre, tu n'es pas ici depuis assez longtemps.

— Essaie de m'expliquer !

Les bras de Will retombèrent le long de son corps et il s'immobilisa devant elle. Il l'étudia un long moment avant de parler.

— Tu es incroyablement belle, Cass, murmura-t-il d'une voix à l'intensité bouleversante. Tu le sais. Tu n'as pas pu ne pas remarquer la façon dont les gens te regardaient dans le hall de l'hôtel.

C'était le compliment le plus équivoque qu'elle ait jamais reçu !

— Si ce n'est pas mon apparence, ni ma robe, alors qu'est-ce qui ne va pas ?

— Tu n'avais pas besoin de balayage ! s'exclama-t-il, les mâchoires serrées. Ni de ces bijoux hors de prix. Tu ne comprends pas ?

— Non.

Poussant un profond soupir, Will se remit à arpenter le trottoir, mais il semblait avoir recouvré un peu de son calme.

— Quoi d'étonnant ? Ils sont des millions dans cette ville qui ne comprennent pas.

Alors qu'il repassait pour la troisième fois devant elle, Cassidy en eut soudain assez. Décroisant les bras, elle l'attrapa par le coude pour interrompre le va-et-vient, qui commençait à l'agacer. Quand il la regarda, elle parvint à afficher un sourire d'encouragement.

— Ce que tu racontes n'a ni queue ni tête, dit-elle en se rapprochant de lui. Explique-moi.

Les mots qu'il prononça, après une brève hésitation, prirent la jeune femme au dépourvu.

— Tu n'as pas besoin de tous ces artifices, Cass. Tu es belle. Tu l'as toujours été. Hollywood ne connaît rien à la beauté. Ça n'a rien à voir avec une coiffure sophistiquée ou des diamants. Ces gens qui t'ont métamorphosée ont voulu te couler dans un moule dans lequel tu ne rentreras jamais.

Cassidy voulut retirer sa main, mais il la retint.

— Tu es unique, poursuivit-il. Aussi unique que ce solitaire gros comme une noix qui orne ton cou. Et il fut un temps où tu en étais consciente. Si tu penses renouer avec cette époque en laissant ces gens te transformer en quelqu'un qui n'est pas toi, tu fais fausse route…

Tentant tant bien que mal de contrôler l'émotion qui la submergeait, Cassidy évita le regard de Will. A sa grande surprise, ce dernier ne retint pas sa main quand elle voulut la dégager de nouveau.

Elle prit une profonde inspiration avant de relever la tête pour soutenir son regard.

— Tu as raison, Will, mais pas totalement, déclara-t-elle. Je ne me suis pas prêtée à cette transformation pour me conformer à un stéréotype. Je l'ai fait pour moi.

Elle étouffa le petit sanglot qui lui nouait la gorge et reprit :

— J'en avais besoin. Plus que je ne pourrai jamais te l'expliquer. Parce que, au fil des ans, j'avais oublié qui j'étais, et la femme que j'avais toujours voulu devenir. Mais quand je me suis vue dans le miroir, il y a moins d'une heure…

Une nouvelle vague d'émotion l'assaillit, l'obligeant à s'interrompre.

— Continue, l'encouragea Will d'une voix très douce.

— J'ai été fière de ce que j'ai vu, Will. La femme dans ce miroir semblait capable de réussir tout ce qu'elle voulait entreprendre, capable d'être qui elle souhaitait. Tu dois penser que c'est stupide…

— Non. Je pense que c'est triste que tu sois si peu sûre de toi. Est-ce à cause de moi ?

— Non.

Bien qu'elle ait de plus en plus de mal à retenir ses larmes, elle se força à soutenir son regard.

— Je suis la seule à blâmer. C'est pourquoi moi seule peux réparer les dégâts.

— Et cette tenue y contribue ?

— Beaucoup de choses y contribuent. Recommencer à écrire, réussir la présentation du scénario devant tes collaborateurs...

Elle rit doucement, d'un petit rire de gorge, avant de poursuivre :

— Me disputer avec toi à propos de l'évolution de l'intrigue et des personnages m'aide aussi. J'ai de nouveau ressenti ce que ça faisait d'être moi-même. Et cela ne m'était plus arrivé depuis longtemps. Aujourd'hui, en contemplant mon reflet dans le miroir, j'ai entrevu une possibilité parmi cent autres. C'est pour cela que, quand je repartirai, je serai plus forte. C'est aussi un peu pour cela que j'ai changé d'avis et que j'ai décidé de t'accompagner ce soir. Si j'arrive à incarner cette femme-là sans me prendre les pieds dans le tapis rouge, comme j'en ai l'habitude...

Will l'interrompit en s'emparant de sa main.

— Viens, déclara-t-il. Nous allons être en retard.

— Pour le film ?

— Pour la soirée du siècle, mon cœur !

Ravie, elle se laissa entraîner vers la limousine.

— Il y aura des pop-corn ? s'enquit-elle en souriant.

— S'il n'y en a pas, je t'en trouverai, promis.

Cassidy n'avait jamais aimé Will comme en cet instant. Non seulement il l'avait écoutée, mais il ne s'était pas moqué d'elle et il l'avait comprise. Et il le lui avait fait savoir de la plus délicate des façons.

— Avec du beurre fondu et pas…

— … salés, compléta-t-il en lui adressant l'un de ses sourires irrésistibles. Je me souviens.

Quand elle passa devant lui pour s'asseoir dans la limousine, elle s'arrêta et, se haussant sur la pointe des pieds, déposa un baiser sur la joue rasée de près.

— Merci.

— Pour quoi ? demanda Will, désarçonné.

— Pour les pop-corn que tu iras me chercher.

9.

Ce fut une soirée mémorable. Cassidy foula — sans trébucher — le tapis rouge menant au mythique Grauman's Chinese Theatre, Will la présenta à un groupe de Chasseurs de trésor venus soutenir sa dernière production, qui l'accueillirent avec des cris d'hystérie. Comme toutes les stars présentes, elle sacrifia au rituel de se faire photographier parmi ses fans et signa des autographes. Will réussit à lui trouver des pop-corn. Enfin, il lui tendit un mouchoir au moment opportun, à la fin du film.

Sur le chemin du retour, dans la limousine, elle ôta ses escarpins et poussa un soupir de bonheur.

— Fatiguée ?

La tête posée contre le dossier de cuir de la banquette, elle se tourna vers Will et lui sourit.

— Je me suis fait pomponner pendant sept heures, alors oui, je suis épuisée. Mais c'est une bonne fatigue.

— O.K.

— Ton film est magnifique, Will. Je l'ai adoré !

A son tour, Will s'enfonça dans le cuir moelleux du siège et se tourna vers elle.

— Bien.

Impulsivement, elle lui donna une légère tape sur l'épaule.

— Will, tu pourrais montrer un peu plus d'enthousiasme ! Le public a adoré, lui aussi. Les gens ont ri aux bons moments, ils sont restés cloués sur leur fauteuil quand il fallait… Et à la fin, la plupart des femmes avaient la larme à l'œil.

— Oui…, fit Will en esquissant une grimace. A ce propos, tu n'as pas besoin de me rendre mon mouchoir. Les gens assis devant et derrière nous ont apprécié le tintamarre, je pense. Mais pour moi, ce fut la fois de trop. Je te l'abandonne volontiers.

Voilà le Will qui lui manquait tant… Cet homme détendu, dont le regard espiègle étincelait. Tout en lui la ravissait : le nœud papillon défait sur la chemise entrouverte, le charme ravageur d'un visage séduisant qu'éclairaient par intermittence les phares des véhicules qu'ils croisaient. Quand il tendit la main pour enrouler une boucle des cheveux de Cassidy autour de son index, elle baissa sa garde pour la première fois depuis son arrivée en Californie.

— Au cas où j'oublierais de te le dire, déclara-t-elle, je suis fière de toi, Will. Tu as réussi à accomplir tout ce dont nous rêvions, tous les deux, et même plus.

Will s'immobilisa une fraction de seconde. Puis, au lieu de répondre, il caressa doucement le cou de la jeune femme. Suivant ensuite la ligne de son épaule, il lui effleura du bout des doigts la peau le long de la bretelle de la robe, puis glissa vers le décolleté.

Prenant la chaîne du collier entre le pouce et l'index, il descendit jusqu'au pendentif. Le contact de la main masculine à la naissance de sa poitrine fit frémir Cassidy.

— Will…

— L'école ne recommence pas avant un mois.

Le souffle de la voix rauque était une tentation en soi, mais Cassidy savait qu'il lui proposait toujours la même chose, même s'il avait choisi un autre angle d'attaque.

— C'est vrai, mais…

Will souleva le diamant, qu'il contempla un instant, avant de plonger son regard vibrant d'intensité dans celui de sa compagne.

— Tu cherches un prétexte dans ta liste ? demanda-t-il.

— Quelle liste ?

— La liste des prétextes derrière lesquels tu te caches pour refuser de faire l'amour avec moi.

Il avait relâché le solitaire et recommençait à caresser la peau tendre, à l'orée des seins. Electrisée, Cassidy eut toutes les peines du monde à rassembler ses esprits.

— Ce ne sont pas des prétextes ! protesta-t-elle faiblement.

— Menteuse ! Je sens les battements de ton cœur… Pendant que ton cerveau cherche désespérément une excuse, ton corps me tient un tout autre discours. Il faut dire que tu n'as jamais pu me mentir, n'est-ce pas ?

Elle ne songeait pas à le nier. N'était-ce pas la raison pour laquelle, justement, elle avait tant lutté pour étouffer ses sentiments depuis son arrivée en Californie ?

Puisant dans ses réserves de confiance retrouvée, Cassidy posa la main sur les doigts de Will.

— Arrête, lui ordonna-t-elle.

Ils se défièrent longuement du regard et Cassidy crut qu'il allait l'embrasser, mais, quand il s'inclina vers elle, ce fut pour l'étudier de plus près.

— Tu me caches quelque chose, finit-il par déclarer.

Cassidy accueillit la remarque par un petit rire, qui ne parvint cependant pas à masquer sa nervosité.

— Ne dis pas de bêtises ! Que voudrais-je te cacher ?

Pour sa part, elle avait plutôt l'impression de lui avoir dévoilé bien plus qu'elle n'aurait voulu sur sa vie, ses espoirs et ses désillusions.

— Je ne sais pas, avoua-t-il, mais je sens qu'il y a quelque chose.

Elle voulut ôter les doigts de Will de sa poitrine, mais il profita de son geste pour s'emparer de sa main. A présent, leurs mains étaient jointes dans le creux de ses seins.

— Je t'en prie, le supplia-t-elle dans un souffle, ne me gâche pas cette soirée.

L'argument sembla porter, car Will se contenta de la dévisager sans mot dire jusqu'à ce que la limousine s'immobilise. Penchant la tête vers la vitre, Cassidy s'aperçut qu'ils étaient arrivés chez eux.

« Chez Will », se reprit-elle. Il fallait vraiment qu'elle perde l'habitude de considérer la maison de Malibu comme son « chez-soi ».

Se retournant vers son compagnon, elle tira sur la main qu'il tenait toujours dans la sienne.

— Lâche-moi !

Son imagination lui jouait-elle des tours ou l'avait-elle entendu dire « non » ? Elle n'eut pas le temps de s'attarder sur ce mystère, car, déjà, le chauffeur lui ouvrait obligeamment la portière. Will fut bien obligé de la lâcher et elle descendit de la limousine, ses escarpins à la main.

Ce ne fut qu'une fois parvenue devant la porte d'entrée qu'elle se souvint que c'était lui qui avait les clés. Poussant un soupir excédé, elle se tourna vers la route et vit son compagnon approcher avec une nonchalance exaspérante.

Quand il parvint à sa hauteur, il s'adossa à la porte et joua négligemment avec la clé, tout en l'observant à la lumière de la lampe du porche.

— Ouvre cette porte, Will.

Resserrant les doigts sur la clé, il répliqua :

— Que cherches-tu à me cacher ?

— Il est presque minuit, je suis fatiguée et je ne te cache rien. Donne-moi cette clé, s'il te plaît.

— Pas tant que tu ne m'auras pas répondu.

Le calme dont il faisait preuve attisa le sentiment de frustration qu'elle éprouvait et elle esquissa un pas en avant.

— Méfie-toi ! Je vais être obligée de venir chercher cette clé.

Sans se laisser intimider par le regard meurtrier qu'elle lui lançait, il croisa les bras sur son torse. Puis il pencha la tête et la toisa d'un air ironique.

— Encore une menace en l'air ! Tu parles, mais quand il s'agit de passer à l'acte, il n'y a plus personne. Je n'ouvrirai pas la porte avant que tu ne m'aies confié ton secret.

— Tu es…, commença-t-elle.

— Je sais, je sais, la coupa-t-il. Je suis l'homme le plus insupportable que la terre ait jamais porté, tu me détestes et ainsi de suite. Si tu ne me l'as pas dit cent fois…

Un sourire presque cruel se dessina sur ses lèvres.

— A quoi rimaient ces discours de tout à l'heure sur la femme pleine d'assurance que tu étais enfin devenue ? Cette femme-là aurait le courage de s'emparer de ce dont elle a envie. Elle n'hésiterait pas à prendre des risques. Tu étais comme ça autrefois, Cass.

— Et maintenant ? Tu crois m'amadouer en employant la méthode brutale ? Donne-moi cette fichue clé !

— Viens la chercher, murmura-t-il. Ou bien réponds à ma question.

Un petit cri de rage échappa à Cassidy quand elle comprit qu'elle n'avait pas d'autre issue. Se mordillant la lèvre, elle chercha une façon de le satisfaire sans lui dévoiler *toute* la vérité.

— Je suis attirée par toi, Will.

— Mais… ?

— Au cas où tu ne l'aurais pas remarqué, c'était un aveu.

— Je l'avais compris. Mais je me demande où tu veux en venir. Ce n'est pas tout, n'est-ce pas ?

— Tu es obligé de faire ça ?

— Quoi ?

— De jouer à « je-lis-en-toi-à-livre-ouvert », s'exclama-t-elle en lui replaçant machinalement une boucle de cheveux derrière l'oreille. C'est très agaçant. Et tu ne me connais pas aussi bien que tu voudrais le croire. Cette époque est révolue.

— Je pourrais te surprendre.

— Je ne tiens pas à être surprise. Et je veux arrêter de faire le pied de grue sur le trottoir.

— Cela ne tient qu'à toi…

Comme sous le coup d'une illumination, elle vit soudain clair dans le manège de son compagnon. Savoir que l'attirance qu'elle éprouvait depuis toujours pour lui était intacte ne suffisait pas à Will. Non, il voulait davantage. Pensait-il qu'une ultime passade leur permettrait de tirer un trait définitif sur leur histoire ? Il avait utilisé tous les moyens à sa disposition pour la séduire depuis l'instant où ils s'étaient retrouvés. Et, pour atteindre son but, il avait décidé de la pousser à bout.

— Tu cherches la bagarre ! s'exclama-t-elle. Tu changes de tactique parce que tout le reste a échoué.

Sous le coup de l'accusation, Will crispa les mâchoires. Quand il reprit la parole, son calme ne présageait rien de bon.

— Je pourrais te retourner le reproche, dit-il.

— Qu'est-ce que tu cherches à prouver ? Que tu peux m'avoir quand tu veux ?

— Tu joues avec le feu, Cass…

— Ah oui ?

Au moment où elle s'y attendait le moins, il glissa la clé dans la serrure, ouvrit la porte et, sans perdre une seconde, pénétra dans la maison, s'éloignant résolument d'elle. Cette fois cependant, elle ne le laisserait pas faire. Après avoir claqué la porte derrière elle, elle descendit à sa suite l'escalier menant à la salle de séjour.

— Tu abandonnes la partie, Will ? lança-t-elle. C'est vrai que tu es très fort pour te défiler.

— A ta place, je laisserais tomber, Cass.

Au calme implacable de la voix masculine, elle comprit qu'il était furieux. Elle savait que, quand il était dans cet état, il érigeait une véritable barrière entre lui et le monde extérieur. Pourtant, elle ne résista pas au besoin de le pousser dans ses retranchements, comme elle l'avait toujours fait.

— Ou quoi ? Tu t'en iras ? Ça m'étonnerait, étant donné que nous sommes chez toi.

Il pivota sur ses talons avec une telle rapidité qu'elle n'eut pas le temps de réagir. La seconde suivante, il s'avançait vers elle à grands pas. A l'éclair menaçant qui luisait dans ses yeux, elle comprit qu'elle avait réussi à le faire sortir de ses gonds.

— C'est toi qui m'as mis dehors, autrefois ! accusa-t-il.

— Tu es parti sans te retourner.

Un silence pesant se fit, chargé d'animosité et de souffrance. L'instant d'après, ils tombaient dans les bras l'un de l'autre et leurs bouches s'unissaient en un baiser brutal. Malgré la colère qui bouillonnait toujours en elle, Cassidy avait noué les bras autour des épaules de Will, tandis qu'il l'enlaçait pour la serrer contre lui. Emportés par le feu de la passion, ils s'embrassèrent encore, sans qu'un soupçon de tendresse ne vienne adoucir leur baiser.

Cassidy parvint cependant à se ressaisir et, rejetant la tête en arrière, elle s'arracha à l'emprise de cette étreinte enivrante. S'écartant d'un pas, elle leva le bras et gifla Will.

Ce ne fut qu'en sentant la paume brûlante de sa main et le tressaillement de son compagnon qu'elle réalisa avec horreur ce qu'elle venait de faire. Elle ouvrit la bouche pour implorer son pardon, mais Will la devança.

— Bon, on dirait qu'on commence à progresser, déclara-t-il d'un ton sarcastique.

— Quoi ? Me pousser à te gifler faisait partie de ton plan ?

— Je n'ai pas de plan ! Mais si cela te soulage de me gifler, alors vas-y, recommence !

Tout son être se révoltait à l'idée de frapper de nouveau Will. Faisant taire la voix de la raison qui tentait de la retenir, la jeune femme saisit à deux mains le revers de la veste de smoking et attira Will contre elle pour reprendre leur baiser interrompu. Alors il la fit tourner sur elle-même et la plaqua contre le mur. Tandis que leurs langues se mêlaient en une joute sensuelle, Cassidy glissa les mains le long du torse masculin, défaisant un à un les boutons de la chemise, pour sentir enfin la chaleur de cette peau sous sa paume.

— Doucement ! murmura-t-il contre ses lèvres.

Constatant que l'injonction restait sans effet, il saisit la main de la jeune femme.

— Cass, attends…

— Pourquoi ? demanda-t-elle. N'est-ce pas ce que tu voulais ?

— Non.

Elle perçut une frustration égale à la sienne dans la voix rauque de son compagnon, alors qu'il lui retenait la main pour interrompre ses gestes fébriles.

— Pas comme ça, conclut-il.

— Pourtant, c'est bien toi qui affirmais que, sur le plan purement physique, notre entente avait toujours été parfaite, rétorqua-t-elle en cherchant de nouveau ses lèvres.

Se libérant les mains de l'emprise qui les tenait captives, elle se lova contre lui.

— Je suis d'accord avec toi, continua-t-elle. Tu as gagné. Félicitations !

Devant l'air choqué de Will, elle faillit éclater de rire. Enfin, il secoua la tête et, quand il la regarda de nouveau, ses yeux lançaient des éclairs.

— J'ai gagné ?

— Tu voulais une aventure ? Et après tout, pourquoi pas ? Je serai bientôt partie, alors autant profiter agréablement du temps qu'il nous reste.

— Tu penses que c'est de cela qu'il s'agit ?

protesta Will, incrédule. A quel moment m'as-tu entendu suggérer que nous ayons une aventure ? As-tu seulement conscience de ce que tu dis ?

Quand il s'écarta davantage, Cassidy fronça les sourcils. Décidément, elle n'y comprenait plus rien ! Et en plus, elle commençait à avoir mal à la tête.

— Tu sais bien que je dois rentrer en Irlande, reprit-elle. Dans ces conditions, je ne vois pas ce que ça pourrait être d'autre.

— Je t'ai demandé de rester, tout à l'heure dans la limousine, objecta-t-il. Tu as oublié ?

— Tu ne me l'as pas demandé, Will. Tu m'as *dit* de rester.

— Tu prétends que nous avons cette fichue discussion à cause d'un point de sémantique ?

Il allait finir par la rendre folle, avec ses arguments ! Quand elle reprit la parole, une pointe d'hystérie perçait dans sa voix.

— Depuis que je suis arrivée, tu n'as pas arrêté de prendre les décisions à ma place. C'est à peine si j'ai pris celle de venir ! Sans ce fichu contrat que j'ai signé il y a dix ans, je ne serais pas là. Pas une fois… pas une fois, entends-tu, je n'ai décidé à quel moment je voulais m'arrêter pour manger. Aujourd'hui, c'est la première fois que j'ai fait quelque chose de ma propre initiative. Et vois dans quel état cela t'a mis !

Durant toute sa tirade, elle avait évité le regard masculin. Elle agitait nerveusement les bras en parlant et essayait coûte que coûte de ne pas éclater en sanglots. Dans le silence qui suivit, elle leva la tête et l'expression qu'elle découvrit sur le visage de Will la désarçonna.

Il semblait abasourdi. Même sa voix paraissait éteinte quand il parla enfin.

— Eh bien, voilà. Je pense que tu as fini par me dire ce que tu avais sur le cœur.

Certainement pas ! songea-t-elle. Se pouvait-il qu'il soit à ce point aveugle ?

— Si j'avais su, continua-t-il, j'aurais engagé un avocat pour qu'il négocie ton retrait du contrat. Ça t'aurait épargné tous ces désagréments.

Seigneur ! Comment lui faire comprendre ? Son séjour n'avait pas été l'enfer qu'il pensait. En tout cas, pas tout le temps. En fait, le plus dur avait été la lutte qu'elle avait dû mener pour ne pas succomber à l'irrésistible charme masculin.

Elle s'interrompit à ce point de ses réflexions, tandis qu'une information, qu'elle avait d'abord négligée, pénétrait son cerveau. *Il aurait engagé un avocat ?*

Will enfonça les mains dans les poches de son pantalon de smoking sans cesser de la fixer.

— Je ne te retiens pas prisonnière, Cass. Si

tu ne voulais pas venir, il fallait me le dire. Un simple e-mail, et tu n'aurais jamais été obligée de me revoir. A présent, nous avons bien avancé sur le scénario et si tu veux, je peux faire les modifications mineures tout seul.

A mesure qu'il parlait, Cassidy le voyait se refermer sur lui-même et ce constat lui nouait la gorge. Elle ne voulait pas qu'ils se quittent en ces termes. Elle avait l'impression que l'histoire se répétait.

— Will..., commença-t-elle en s'avançant vers lui.

Il eut un mouvement de recul, qui toucha la jeune femme comme une flèche en plein cœur et la bouleversa autant que lorsqu'elle l'avait regardé partir, huit ans auparavant.

— Tu peux t'en aller quand tu veux, insista-t-il. Je n'ai jamais voulu te retenir de force.

Quand il se dirigea vers la porte, Cassidy le suivit.

— Où vas-tu ? demanda-t-elle.

— Je sors.

— Il est minuit passé.

— La vie ne s'arrête pas à minuit, répliqua-t-il, avant de lui lancer, par-dessus son épaule : Préviens-moi quand tu sauras à quelle heure décolle ton avion. Je te ferai conduire à l'aéroport.

— Ne me refais pas ce coup-là, Will.

Elle avait prononcé ces paroles d'un ton suppliant et il se retourna complètement. La main sur la poignée de la porte, il la regarda droit dans les yeux.

— C'est là que tu te trompes, Cass. Je ne t'ai pas fait « ce coup-là » la dernière fois. Tu as fait tes propres choix bien plus souvent que tu ne sembles le penser.

10.

Will avait toujours su ce qu'il attendait de l'existence et il s'était donné les moyens de l'obtenir. A force de travail acharné, il menait désormais plus ou moins la vie dont il avait rêvé. Contrairement à Cassidy, il n'avait jamais idéalisé Hollywood, même si la jeune femme lui avait transmis sa fascination pour la magie du cinéma.

A l'époque où il avait rencontré Cassidy, l'enthousiasme naïf qu'elle témoignait pour tout ce qui touchait au septième art l'avait amusé. A son contact, il avait vu sa propre personnalité s'adoucir et avait fini par croire en des choses qu'il méprisait avant de la connaître. Sans doute n'avait-elle jamais réalisé à quel point il avait besoin d'elle. Quand elle l'avait rejeté, il avait cru qu'il ne s'en remettrait pas.

Comment avait-il pu s'imaginer qu'elle lui serait devenue indifférente ? Il avait suffi qu'elle réapparaisse pour qu'il constate que le besoin qu'il avait d'elle n'avait en rien diminué, loin s'en faut.

Poussant un profond soupir, Will leva les yeux vers le ciel d'un bleu éclatant. Il ne savait plus où il en était. Ne venait-il pas de passer la nuit sur le canapé de son bureau en ville, alors qu'il disposait d'un lit moelleux à la maison ? Il avait très peu dormi et, au réveil, il avait éprouvé le besoin irrépressible de revoir Cassidy avant son départ.

Lorsqu'il découvrit les bagages de la jeune femme au pied du lit de la chambre d'amis, une vague de colère l'envahit. « Pas cette fois-ci », se promit-il. Elle l'accusait d'être parti sans se retourner ? Eh bien, elle se trompait. Et il était fermement décidé à ne pas passer les huit prochaines années de sa vie à regarder en arrière. Que cela convienne ou non à Cassidy, ils allaient avoir une sérieuse discussion.

Il la chercha partout dans la maison, mais sans succès. Alors, sa résolution céda la place à la panique. Repensant à la soirée de la veille, il chercha fébrilement son téléphone portable dans la poche de sa veste.

— Angie ? C'est Will. Cass est avec toi ? demanda-t-il de but en blanc.

— Non. Mon assistante est passée chez toi ce

matin pour récupérer la robe et les bijoux. Quelque chose ne va pas ?

— Tu ne lui as pas parlé ?

— Non. Vous vous êtes disputés, n'est-ce pas ? Je te promets, Will, si tu brises le cœur de cette fille…

Qu'avaient-elles donc toutes, à lui faire endosser le rôle du méchant dans cette histoire ? Excédé, Will poussa un soupir de découragement.

— Angie, depuis combien de temps me connais-tu ?

— Cinq ans. Pourquoi ?

— Durant ces cinq années, combien de fois m'as-tu reproché d'être incapable de m'engager dans une relation ?

Un silence suivit sa question, et Angie reprit :

— Tu n'as jamais pu oublier Cassidy, n'est-ce pas ?

— Préviens-moi si elle t'appelle.

Quand il eut raccroché, il envisagea un bref instant de fouiller le sac de Cassidy pour voir si son passeport s'y trouvait, mais il se ravisa. Non seulement cette idée lui semblait indigne, mais la jeune femme ne serait pas partie en laissant toutes ses affaires ici. Elle devait bien être quelque part, pourtant ! Après leur dispute, il y avait toutefois peu de chances qu'elle ait laissé un mot pour l'informer de ses allées et venues. Chaque fois qu'il repensait à la scène de la veille, il songeait que, pour un homme censé vivre de sa plume, il avait du mal à se faire comprendre face à Cassidy. Où était-elle allée pêcher l'idée qu'il voulait juste satisfaire un appétit purement physique avec elle ? C'était l'une des questions qu'il avait bien l'intention de lui poser.

Après dix minutes passées à arpenter la salle de séjour, il décida de descendre sur la plage, afin de voir si Cassidy ne s'y trouvait pas. Retroussant les manches de sa chemise, il dévala l'escalier de bois qui menait de la terrasse à la plage. Arrivé au bas des marches, il parcourut l'étendue de sable du regard. A la place de Cassidy, de quel côté serait-il allé ?

Secouant la tête, il songea à la facilité avec laquelle il avait toujours lu en elle. Ce n'était pas compliqué, autrefois. Incapable de mentir, la jeune femme était confiante et généreuse. Ces qualités, qui lui étaient, à lui, étrangères, l'avaient fasciné à l'époque. De la découvrir sur ses gardes, plusieurs années plus tard, l'avait profondément ébranlé.

Et si elle était partie ? Un sursaut de révolte lui fit reprendre courage. Il traverserait la moitié de la terre pour la ramener, s'il le fallait ! Fort de cette résolution, il regarda de nouveau devant lui.

C'est alors qu'il la vit.

Son imagination fiévreuse lui jouait-elle des tours ? Non, c'était bien Cassidy, et elle avait l'air abattu. Pourtant, durant toutes ces années où ils avaient vécu loin l'un de l'autre, chaque fois qu'il évoquait l'image de la jeune femme, un sourire radieux éclairait son visage, comme en ce jour où, sur le pont d'O'Connell Street, il n'avait pu se retenir de l'embrasser

— Cass…

Elle leva la tête au moment même où il prononça son nom à mi-voix et l'aperçut à son tour. Sans réfléchir, il courut alors vers elle.

— Tu es toujours là ! lança-t-il en arrivant à ses côtés.

Quel idiot il faisait ! se réprimanda-t-il. Cassidy allait penser qu'il avait hâte de la voir s'en aller. Il essaya de rattraper ses paroles malencontreuses.

— J'ai vu que tu avais fait tes bagages.

Evitant son regard, la jeune femme haussa les épaules.

— Je ne connais pas ton adresse, déclara-t-elle d'une voix un peu tremblante. Du coup, je n'ai pas pu appeler de taxi. C'est pathétique, non ?

« Non. C'est juste une preuve supplémentaire de ma muflerie », songea Will. Elle avait raison. Il avait voulu tout régenter ces derniers temps, même si ce désir n'avait pas été conscient.

— 21, Shoreview, l'informa-t-il. Mais je t'avais dit de m'appeler. Je me serais occupé de te trouver un taxi.

Bon sang ! Il était vraiment le roi des idiots. Chacune de ses phrases renforçait l'impression qu'il voulait la voir partir ! Il devait à tout prix se ressaisir.

— Tu veux vraiment rentrer en Irlande ?

Voilà qui était mieux. Il lui laissait le choix.

— Tu pourrais rester…, ajouta-t-il.

A son vif soulagement, il vit apparaître un faible sourire sur les lèvres de son interlocutrice.

— C'est tentant, répondit-elle en retournant son regard sur l'océan. Ça fait une heure que je me promène sur la plage. C'est magnifique. Je comprends que tu aies choisi de vivre ici.

Machinalement, Will tourna la tête vers la maison, qui se dressait derrière eux. Il ne s'y était jamais senti autant chez lui que durant le mois qui venait de s'écouler. Enfonçant les mains dans les poches de son pantalon pour résister à l'envie de prendre Cassidy dans ses bras, il fit un nouveau pas dans sa direction.

— La première fois que j'ai vu cette maison, je

n'ai pas pu m'empêcher de penser que tu l'aimerais. Tu as toujours eu un faible pour la mer…

Les longs cils de Cassidy battirent, tandis qu'elle levait les yeux vers lui. Des questions informulées se bousculaient dans les profondeurs du regard noisette. Ces yeux étaient étonnants : à la fois insondables et incroyablement expressifs, ils respiraient l'intelligence. Will portait encore, gravé dans sa mémoire, la lumière qu'ils irradiaient la première fois qu'elle lui avait dit qu'elle l'aimait.

— J'ai repensé aux choses que tu m'as dites hier soir, commença-t-elle, l'arrachant à sa contemplation.

— Moi aussi.

Will tenta d'alléger l'atmosphère en esquissant un sourire.

— Je n'ai jamais eu l'intention de te retenir prisonnière ici, tu sais. Ça me semblait la solution la plus pratique pour travailler sur le scénario, c'est tout. Et pour ce qui est des repas… Quand nous travaillions ensemble, en Irlande, c'était toujours moi qui veillais à ce que tu manges à heures régulières. J'ai repris les vieilles habitudes, c'est tout.

— Cela m'était sorti de l'esprit, avoua Cassidy. A vrai dire, je n'ai jamais mangé aussi sainement que depuis mon arrivée ici.

Soulagé du tour que prenait la conversation, Will

avança encore d'un pas. Un froncement de sourcils de sa compagne l'immobilisa. Apparemment, mieux valait ne pas crier victoire trop tôt.

Quand elle prit une inspiration, il eut du mal à ne pas fixer ses seins, qui se soulevèrent au rythme de sa respiration. Il devait reconnaître qu'il n'avait jamais été capable de la regarder sans la désirer aussitôt et il n'en revenait pas qu'elle ait pu, ne serait-ce qu'un seul instant, douter de sa beauté.

Il en voudrait toujours à Angie d'avoir confié la jeune femme aux mains de son coiffeur. Déjà, au moment où il avait retrouvé Cassidy dans le hall de l'hôtel, le premier jour, il avait éprouvé un pincement de nostalgie pour la sombre chevelure auburn, qui lui retombait autrefois jusqu'au milieu du dos. Quand elle s'allongeait sur lui pour l'embrasser, la masse soyeuse aux reflets de feu les enveloppait tous deux comme un rideau. Reprenant pied dans la réalité, Will se demanda alors combien de temps ce balayage mettrait à disparaître. Il se retint cependant de poser la question. Cassidy risquait de ne pas apprécier qu'il lui dise comment il voulait qu'elle se coiffe.

— Tu es beaucoup plus courageux que moi, reprit la jeune femme. La preuve : je suis encore là…

Désarçonné, il observa son profil. Que signifiait

cette remarque sibylline ? Sans lui laisser le temps de poser la question, elle poursuivit :

— Je me suis toujours demandé comment tu avais réussi à partir sans un regard en arrière. J'ai essayé de faire la même chose ce matin, mais je n'ai pas pu. Et ça n'avait rien à voir avec le taxi. Non. Je ne pouvais pas partir sans avoir tiré les choses au clair.

De toute évidence, elle reprenait d'une main ce qu'elle avait donné de l'autre. Quand elle lui avait avoué qu'elle ne voulait pas partir sans l'avoir revu, le cœur de Will s'était empli d'une joie indicible. Mais il ne pouvait ignorer qu'elle lui reprochait toujours d'être à l'origine de leur séparation, crime dont il s'estimait innocent. Le moment semblait venu pour une petite mise au point.

— J'ignore quel souvenir tu as gardé du jour où je suis parti, déclara-t-il, mais j'ai l'impression que tu as oublié les événements qui l'ont précédé. Dois-je te rappeler qu'à chaque fois que je revenais vers toi, tu me repoussais ? Tu…

— Tu as raison, l'interrompit-elle. Je t'ai poussé à partir.

Will s'était attendu à tout, sauf à ça. Interloqué, il fit encore un pas vers Cassidy, mais celle-ci pivota sur elle-même et, d'un mouvement des épaules, l'invita à marcher sur la plage.

Ils longèrent alors l'océan, tandis que les vagues venaient s'échouer mollement contre le rivage, frôlant parfois leurs pieds nus.

— J'ai toujours su qu'un jour viendrait où je devrais m'occuper de mes parents, déclara Cassidy. Ils étaient âgés quand ils m'ont eue et mon père ne s'était jamais remis de la mort de ma mère. Ce que je n'avais pas prévu, en revanche, c'est qu'il tomberait malade juste au moment où nous serions confrontés à notre avenir, tous les deux.

Heureux du simple fait de marcher à côté d'elle, Will n'interrompit pas le bref silence qui s'ensuivit.

— Nous avions en commun ce rêve de partir en Californie pour connaître la gloire. Nos motivations n'étaient pas les mêmes, mais cela nous était égal. L'échec de notre deuxième film a terni mon enthousiasme. Apparemment, il n'a pas eu le même effet sur toi. Tu n'allais pas baisser les bras. Comme je te l'ai dit, tu es plus courageux que moi.

Le sourire teinté de nostalgie qui s'était dessiné sur ses lèvres disparut et elle leva les yeux vers le ciel.

— Une partie de moi est heureuse que l'un de nous deux y soit arrivé. Je suis fière de toi !

Elle n'imaginait sans doute pas ce que cette simple

phrase signifia pour lui. Derrière ses paroles, il eut l'impression de recueillir l'approbation de ses parents trop tôt disparus, celle de l'enseignant qui avait su lui faire partager sa passion de l'écriture, celle des derniers d'une longue liste de parents adoptifs, qui l'avaient enfin accueilli comme s'il était leur fils. Et, enfin, celle de la femme qui lui avait fait comprendre tout le sens du mot « amour ». Ces paroles firent l'effet d'un véritable baume sur le cœur du petit garçon à qui on avait trop souvent répété qu'il n'était bon à rien.

Bouleversé au plus profond de lui-même, Will dut se faire violence pour ne pas prendre Cassidy dans ses bras.

— En fin de compte, déclara-t-elle, j'ai été obligée de choisir entre les deux hommes que j'aimais. J'ai toujours su que tu y arriverais sans moi. Mais je ne pouvais pas abandonner mon père dans un tel moment. Il avait trop besoin de moi.

— Moi aussi, j'avais besoin de toi.

— Quand je t'ai dit de partir, murmura-t-elle en essuyant une larme qui lui perlait aux paupières, je ne pensais pas que tu le ferais. Je voulais que tu restes, mais, en même temps, je ne pouvais pas exiger ce sacrifice de toi, cela aurait été injuste. Je t'ai donc laissé libre de ta décision.

En cet instant, Will ressentit la souffrance de

Cassidy comme s'il l'avait éprouvée lui-même et, quand il tourna la tête, il la vit essuyer d'un geste brusque une larme qui coulait le long de sa joue.

— Pas tant que ça ! Je ne serais jamais parti si tu ne m'avais pas mis à la porte.

Cassidy eut un sourire triste.

— Peut-être que je m'en doutais. Tout était si embrouillé dans mon esprit, et je souffrais tant... Chaque fois que je repense à cette époque, la même douleur revient. Peut-être que c'était plus facile de te haïr pour être parti que d'admettre que j'y étais pour quelque chose. Mais je... je n'ai jamais pensé...

Quand elle s'arrêta et rejeta la tête en arrière pour reprendre son souffle, Will sortit les mains de ses poches.

— Tu comprends à présent pourquoi je ne voulais pas en parler ? reprit-elle, entre rire et larmes. C'est toujours douloureux.

La poitrine serrée, Will respirait à grand-peine. Il dut s'éclaircir la voix avant de parvenir à proférer un son.

— A quoi n'as-tu jamais pensé, Cass ?

Elle renifla et essuya une nouvelle larme de sa joue, puis le fixa droit dans les yeux. Le sourire qu'elle lui adressa alors lui fendit le cœur.

— Je ne pensais pas que tu le ferais, dit-elle.

Je viens de passer la matinée à me demander si, inconsciemment, j'avais voulu te tester, mais je ne le pense pas. Ou, du moins, j'espère que non. Quoi qu'il en soit, à aucun moment je n'ai pensé que tu partirais et que je ne te reverrais jamais. Je t'ai attendu longtemps. Je crois même qu'une partie de moi n'a jamais cessé de t'attendre. Quand ton e-mail est arrivé…

Parvenue à ce stade de son récit, elle ne sembla plus se soucier des larmes qui inondaient ses joues. Elle ne parlait pas sous le coup de la nervosité — ce trait particulier que Will avait toujours trouvé touchant chez elle —, mais elle lui révélait enfin le secret qu'elle avait enfoui au fond de son cœur avec une lucidité que ne pouvait masquer sa voix brisée par l'émotion.

— J'étais amoureuse de toi, mais j'ignorais à quel point. Jusqu'à ce que tu t'en ailles. Et là, c'était trop tard.

Tentant d'ordonner les pensées qui se bousculaient dans son esprit, Will ouvrit la bouche pour parler, mais Cassidy l'en empêcha.

— Non, protesta-t-elle en levant la main. Ne dis rien. Si je t'ai expliqué tout ça, c'est uniquement parce que nous nous étions quittés sans avoir vraiment tourné la page et que je ne voulais pas que cela se reproduise. Ni pour toi ni pour moi.

Voyant qu'il respectait sa requête, elle esquissa un sourire ému. Puis elle essuya du revers de sa manche les larmes sur ses joues et se tourna de nouveau vers le large.

— Je ne peux pas rester ici et avoir une aventure avec toi, Will, reprit-elle après avoir laissé passer quelques secondes. Je n'ai pas envie de gâcher le souvenir merveilleux de la relation que nous avons eue autrefois. Si tu pouvais oublier tout ce que j'ai dit et fait hier soir…

— Je peux parler maintenant ?

Lorsqu'elle leva les yeux, il eut la surprise d'y lire une lueur d'amusement.

— Tu me demandes la permission ? s'exclama-t-elle.

— Tu m'as ordonné de ne rien dire ! souligna-t-il. Alors, je peux parler ?

— J'espère que tu ne comptes pas m'inonder de ta compassion. Je ne suis pas sûre de pouvoir le supporter.

C'était cette faculté qu'elle avait de l'exaspérer, de le fasciner, de l'amuser et de lui faire perdre le fil de ses idées qui l'avait toujours attiré chez Cassidy. Instinctivement, il attrapa la jeune femme par les épaules, il l'obligea à lui faire face.

— Tais-toi, Cass. Et écoute-moi, c'est mon tour.

Quand il fut certain d'avoir toute son attention, il lui lâcha les épaules et remit les mains dans ses poches.

— Tu prétends que je suis parti sans me retourner, déclara-t-il. C'est absurde.

— Comment ça ? s'enquit-elle, les yeux de nouveau rivés aux siens.

— Je n'ai pas cessé de me retourner. Si tu ne m'avais pas repoussé comme tu l'as fait, je ne serais même pas parti. Ou je serais parti en éclaireur, en attendant que tu me rejoignes. Tu n'avais qu'un mot à dire. J'avais passé ma vie à être mis à la porte, et tu le savais. J'aurais dû y être habitué, mais, dans mon esprit, tu étais la dernière personne que j'aurais crue capable de me rejeter.

Bouleversé par l'expression qui se peignit sur le visage de Cassidy, il poursuivit néanmoins :

— Quoi qu'il en soit, j'ai très mal encaissé le coup. Et tu sais pourquoi ?

— Parce que tu m'aimais comme je t'aimais, murmura-t-elle d'une voix tremblante.

Will acquiesça d'un hochement de tête.

— Parce que je t'aimais comme je n'avais jamais aimé personne. Avant toi, je ne savais même pas à quoi l'amour pouvait ressembler.

Un nouveau flot de larmes inondait à présent les

joues de Cassidy. Will retira les mains de ses poches pour en entourer le visage de la jeune femme.

— Ne pleure pas, murmura-t-il en essuyant ses larmes du bout des doigts. Je déteste ça. Je t'aimais, Cass. Comment aurais-je pu ne pas me retourner ? Je n'ai même fait que ça pendant huit ans, mais la situation me semblait irréversible.

Attirant Cassidy contre lui, Will pencha la tête tout en relevant le menton de la jeune femme, pour plonger son regard dans les yeux noisette. Il prit une profonde inspiration.

— Quand je t'ai envoyé ce premier e-mail, je savais qu'il y avait une chance pour que nous nous remettions ensemble.

— J'ai pensé la même chose quand je l'ai lu, avoua-t-elle avec un petit sourire.

— Nous avons changé.

— Oui.

— Mais en même temps, nous sommes restés les mêmes… Ça te semble incohérent ?

— Non.

— Quand tu as enfoui ta tête sous l'oreiller, le premier soir au Beverly Wilshire, j'ai su que j'étais perdu. Ensuite, j'ai recouru à toutes les ruses possibles et imaginables pour que tu cesses de jouer à cache-cache avec moi. Crois-moi, cela n'a pas été une mince affaire.

Cette fois-ci, le rire de la jeune femme résonna joyeusement à ses oreilles.

Un besoin irrésistible de l'embrasser s'empara alors de Will. Du pouce, il souleva le menton de Cassidy et scruta le regard noisette levé vers lui. Y découvrant une invitation muette, il inclina la tête vers la jeune femme et, tandis que leurs lèvres se rejoignaient, il glissa avec délice une main dans sa chevelure balayée par le vent. De l'autre, il la saisit par la taille et resserra son étreinte. Quand Cassidy se lova contre lui, il s'émerveilla de constater que les courbes pleines de la jeune femme épousaient admirablement son propre corps, comme une preuve supplémentaire qu'ils étaient faits l'un pour l'autre.

— Tu ne vas pas me gifler de nouveau, j'espère, murmura-t-il contre ses lèvres.

— Oh, Will ! Si tu savais comme je m'en veux !

— Je n'aurais pas dû me mettre en colère.

— Je ne me permettrais pas de te le reprocher, dit-elle en souriant. Ça m'arrive tout le temps.

— Je trouve que tu t'es arrangée avec l'âge. Avant, tu voyais rouge toutes les minutes.

— Très drôle !

Il ne plaisantait qu'à moitié. A vrai dire, si l'on considérait leur tempérament artistique, leur mauvais caractère et les réactions chimiques qui naissaient chaque fois qu'ils étaient ensemble, quoi d'étonnant à ce qu'il y ait des étincelles ? Mais ce n'était pas Will qui s'en plaindrait. Il aimait trop jouer avec le feu.

— Pour en revenir à ce projet d'aventure sans lendemain que tu me soupçonnes d'avoir eu... Dois-je mettre tes élucubrations sur le compte de ta manie de tout compliquer à plaisir et considérer le sujet clos ?

— Oui, s'il te plaît.

— Parfait, parce que ce n'était pas du tout ce que j'avais en tête.

Il lui massa doucement le crâne, guettant une réaction dans son regard.

— J'avais décidé de prendre mon temps, mais tant pis ! Je veux que tu restes. Tu m'as eu avec ton oreiller, Cass, mais la robe que tu portais hier soir m'a définitivement achevé. Te doutes-tu du nombre de types que j'avais envie de tuer avant même que tu ne sois sortie du Beverly Wilshire ?

En une fraction de seconde, la jeune femme dont il était tombé amoureux dix ans auparavant se matérialisa sous ses yeux. Son sourire irradiait de l'intérieur. Avec ses cheveux emmêlés par le vent, à peine maquillée, un léger coup de soleil sur le bout du nez, les lèvres meurtries par leurs baisers, elle n'avait jamais été aussi belle.

Elle lui donna une petite tape dans le dos.

— Tu comprends maintenant ce que j'ai ressenti quand je t'ai vu avec cette belle brune qui te dévorait des yeux au supermarché ?

— Tu étais jalouse ! s'exclama-t-il, tandis qu'un sourire enchanté étirait ses lèvres. J'espérais bien que tu le serais.

— A part ça, tu n'échafaudes pas de plan fumeux… ?

— Non. Tout ce que je veux, c'est que tu restes avec moi. Je t'aime. Je n'ai même jamais cessé de t'aimer.

Lui libérant le bras, Cassidy leva une main hésitante et lui effleura la joue du bout des doigts. Il perçut son léger tremblement et cette gaucherie, qui contrastait avec l'assurance dont il la savait capable, l'émut au plus haut point.

Will avait toujours pensé qu'il manquait quelque chose à son existence. Il avait cherché en vain à combler ce vide en lui et avait fini par se résigner à la solitude. Toutefois, en cet instant précis, il s'aperçut que, quand il tenait Cassidy dans ses bras, ce sentiment de manque disparaissait.

— Moi aussi, reprit la jeune femme avec

douceur, je t'aime et je t'ai toujours aimé. Alors, oui, je veux rester ici.

A ces mots, Will l'embrassa passionnément, sans plus songer à faire taire les émotions qui le submergeaient. Quand il s'interrompit, il la serra contre lui et murmura contre son oreille :

— Tu m'as fait peur hier soir.

— Je pensais que tout était fichu, répondit-elle sur le même ton.

— Moi aussi.

Soulagé, Will ferma les yeux, sans cesser de serrer sa bien-aimée contre lui.

— Nous réussirons, cette fois-ci, Cass, je te le promets.

Au son enroué de sa voix, Cassidy redressa la tête et chercha ses yeux pour y planter un regard déterminé.

— Nous réussirons, parce que nous nous parlerons comme nous le faisons en ce moment, affirma-t-elle. Plus de cachotteries entre nous !

— A vos ordres ! s'exclama-t-il, avant de la soulever dans ses bras et de poursuivre : Mais pour l'instant, nous avons huit ans à rattraper.

— En un week-end ? s'écria-t-elle, faussement horrifiée.

— Je pensais y consacrer un peu plus de temps que ça. Que dirais-tu de toute la vie ?

HARLEQUIN

collection Horizon

Prochain rendez-vous le
15 Mars 2010

UNE FAMILLE POUR UN PLAY-BOY, de Cara Colter • n°2260

Joshua a promis à sa sœur de s'occuper de ses enfants pendant les vacances, bien décidé qu'il est cependant à les confier à un centre aéré dès leur arrivée. N'a-t-il pas en horreur les cris et les pleurs de bébé ? Mais quand ses neveux débarquent dans son bureau, accompagnés de Danielle, leur gouvernante au regard farouche, Joshua sent monter en lui un trouble imprévisible... Et s'entend lui proposer de s'installer chez lui !

RENCONTRE INATTENDUE, de Melissa McClone • n°2261

Contrainte par son patron d'étudier le site de rencontres concurrent du leur, Dani s'inscrit sur Blinddates.com. Pas question pour elle, cependant, d'accepter le moindre rendez-vous ! Seulement voilà, lorsqu'un certain Bryce la contacte et lui propose un dîner, la jeune femme, intriguée par cet homme charmant, accepte son invitation. Pour des raisons strictement professionnelles, bien sûr...

UN BÉBÉ À TOUT PRIX, de Patricia Thayer • n°2262

Le désir inassouvi d'être parents a eu raison du couple formé par Kira et Trace. Mais un jour, Kira apprend que leur famille a été choisie pour adopter un bébé ! Pleine d'espoir, elle ne voit alors plus qu'une chose à faire : demander à son mari de rentrer à la maison six mois, le temps de prouver qu'ils forment tous deux un couple uni et amoureux !

UN PATRON TROP CHARMANT, de Donna Alward • n°2263

Mariella peut être fière de son parcours. Elle vient d'être nommée directrice du Cascade, un superbe hôtel quatre étoiles. Seul problème : l'arrivée récente de Luca Fiori, le nouveau patron. Car, non content de vouloir superviser – et chambouler ! – son travail, cet homme puissant l'attire irrésistiblement...

Attention, numérotation des livres pour le Canada différente : n° 975 au 978.

www.harlequin.fr

A paraître le 1er mars

Best-Sellers n° 413 • suspense

Les disparues de la nuit - Lisa Jackson

En moins de deux ans, quatre jeunes filles ont disparu du campus de l'université de Bâton Rouge, en Louisiane. Fugues ou assassinats ? Les médias s'interrogent, mais personne ne semble vraiment se préoccuper de leur sort. Personne, excepté Kristi Bentz, une étudiante en journalisme, qui comprend que quelque chose se passe sur le campus. Car toutes les disparues suivaient un cours sur le vampirisme. Un cours auquel elle vient justement de s'inscrire.

Best-Sellers n°414 • paranormal

La citadelle des ténèbres - Gena Showalter

Depuis sa plus tendre enfance, Ashlyn Darrow est harcelée par des voix surgies du passé qui font de sa vie un cauchemar. Prête à tout pour se libérer de ce don maléfique, elle se rend à Budapest pour rencontrer des spécialistes en la matière, des êtres étranges dotés, dit-on, de singuliers pouvoirs. Mais à peine arrivée dans l'antique château où ils mènent leurs travaux, elle tombe éperdument amoureuse de Maddox – un homme aussi séduisant qu'inquiétant que ses pairs disent immortel et habité d'un dangereux démon.

Best-Sellers n°415 • thriller

Sous le regard de l'ange - Andrea Ellison

Lieutenant à la brigade des homicides de Nashville, Taylor Jackson ne se laisse pas facilement décontenancer. Mais l'effroyable sauvagerie du nouveau meurtre sur lequel elle doit enquêter l'effraie, et la bouleverse même profondément, lorsqu'elle découvre avec stupeur que la victime, une mère de famille irréprochable en apparence, participait au tournage de films pornographiques et de vidéos de couples filmés à leur insu. Pire encore pour Taylor : l'une de ces vidéos la montre elle-même en situation, ce qui non seulement menace sa carrière et son couple, mais fait bientôt peser sur elle les pires soupçons.

Best-Sellers n°416 • thriller

Le secret des marais - Amanda Stevens

Le travail est devenu un refuge pour Evangeline Theroux, jeune inspectrice de police à la Nouvelle-Orléans. Terrassée par la mort soudaine de son mari, effrayée de ne pas être à la hauteur avec son bébé de cinq mois, elle se jette à corps perdu dans une enquête de premier plan sur le meurtre d'un célèbre avocat. Pourtant, les jours passant, ses recherches piétinent et elle accepte l'aide de Declan Nash, agent du FBI. Mais lorsqu'un terrifiant coup de théâtre place soudain son petit garçon au centre de l'affaire, tout change. Désormais prête à tout pour protéger son enfant, Evangeline décide de tout risquer, y compris sa carrière, pour découvrir la vérité, sans imaginer que celle-ci la touche de près et va bientôt remettre en question sa propre identité.

Best-Sellers n°417 • roman

Un parfum de lilas - Sherryl Woods

Bouleversée par l'échec de sa dernière pièce, qui précède de peu la fin de sa relation amoureuse avec son mentor, la dramaturge Bree O'Brien quitte Chicago et le théâtre où elle a commencé à se faire un nom pour regagner Chesapeake Shores, sa ville natale. Dans ces lieux qu'elle aime tant, elle est persuadée qu'un nouveau départ l'attend. Mais ce retour, en plein cœur de l'été, n'est pas aussi serein que Bree l'espérait. Car il fait aussitôt ressurgir des fantômes de ce passé qu'elle a en vain tenté de fuir. Des fantômes au premier rang desquels se trouve Jake Collins, qu'elle n'a jamais réussi à oublier.

Best-Sellers n°418 • roman

Un printemps à Blossom Street - Debbie Macomber

Blossom Street, c'est une petite rue de Seattle, encore préservée et pleine de charme. Un endroit où il fait bon vivre, et où le quotidien a un parfum de bien-être. Debbie Macomber nous y fait partager la vie de quatre femmes que tout sépare et oppose, mais qui vont se retrouver indissolublement liées les unes aux autres. De cette alchimie, que soulignent des scènes dramatiques et cocasses, intenses et émouvantes, douces-amères et drôles, ironiques et chaleureuses, naissent ces petits riens de la vie qui se transforment en un récit extraordinairement attachant.

Best-Sellers n°419 • historique

L'héritière des Romanov - Susan Wiggs

Russie et Angleterre, 1533

Issue d'une famille princière de Russie, Juliana Romanov a vu les siens se faire massacrer par des traîtres boyards qui se sont emparés du pouvoir. Sauvée par des Gitans, elle se réfugie avec eux en Angleterre, où ils vivent de charité et de larcins. Or un jour, au cours d'une partie de chasse royale, elle est prise en flagrant délit de vol par le roi Henri VIII en personne ! Certaine de sa condamnation prochaine, Juliana est abasourdie lorsqu'on lui propose, à la place, d'épouser Stephen de Lacey, baron de Wimberleigh. Mais elle ignore encore que son futur époux est un rival du roi auquel ce dernier a voulu imposer une union dégradante…

Composé et édité par les
éditions Harlequin
Achevé d'imprimer en janvier 2010

CPI
Bussière

à Saint-Amand-Montrond (Cher)
Dépôt légal : février 2010
N° d'imprimeur : 91719 — N° d'éditeur : 14800

Imprimé en France